島の「重さ」をめぐって

キューバの文学を読む

久野量一

松籟社

目次

島の「重さ」をめぐって

島の「重さ」をめぐって——キューバの文学を読む——

序章

キューバ、「肯定の詩学」と「否定の詩学」

島の生き物は、どうしてかわからないけれど、
違うような気がする。
もっと軽くて、繊細で、感覚が鋭い。[1]
ドゥルセ・マリア・ロイナス

一九四三年のキューバ文化

一九四三年はキューバ文化史上、忘れがたい年である。キューバ文化史を振り返ったとき、この年にこれほどの出来事が結集していることは驚くべきことである。

さかのぼること二年前、画家のヴィフレード・ラムは、ピカソらと交流したフランスから船でマル

チニークを経由して祖国キューバに戻っていたが、代表作のひとつである『ジャングル』を完成させたのは一九四三年だった。[2]

製糖業を営む裕福な一家に生まれた批評家のホセ・ロドリゲス＝フェオは、ハーバード大学に留学し、米国で知り合ったドミニカ共和国出身の文芸批評家ペドロ・エンリケス＝ウレーニャの推薦状を携えて、やはりキューバに戻った。その彼が、ハバナの公園のベンチで作家のホセ・レサマ＝リマに相談を持ちかけたのも一九四三年だった。[3]

図版１　『*Orígenes*』1945 年春号表紙

ラムとロドリゲス＝フェオ、二人の帰国を最も喜んだのはレサマ＝リマだったに違いない。生涯のほとんどを国から離れずに過ごした彼は、この二人の力を借りて文芸誌の創刊を構想する。もともと、ロドリゲス＝フェオの相談もこのことだった。

こうして、翌一九四四年、文芸誌『オリーヘネス（*Orígenes*）』が刊行される。編集人として四人の名前が連ねてあるが、資金提供がホセ・ロドリゲス＝フェオ、内容面の充実がレサマ＝リマによるものであることはよく知られている。この雑誌の表紙をラムの絵が飾ったのは、翌一九四五年春号だった（図版1、一九四五年春号表紙）。

キューバに生まれ、才能を磨くためにヨーロッパに留学し、アヴァンギャルドを通過したのち、故郷でキューバ文化のアイデンティティとは何かという問題に取り組み、熱帯性を訴えた作品を仕上げたラム。米国のエリート教育を受け、キューバ文化の「さまざまな起源（オリーヘネス）」を構想したロドリゲス＝フェオ。それまで幾つかの文芸誌を刊行していたが、どれも数年で途絶え、より持続的な活動を構想していたレサマ＝リマ。

三人の結晶であるこの雑誌は、革命直前の一九五〇年代半ばまで続く。革命に流れ込む様々なキューバ文化の動きの中で、この雑誌は大きな役割を果たすことになる。

ところで、このような一九四三年のキューバ文化の方向性は、およそ十年前、一九三〇年代とは異なっている。

アヴァンギャルド雑誌である『レビスタ・デ・アバンセ（*Revista de Avance*）』（一九二七―三〇）に

［1］Loynaz, Dulce María, "Poema CI", *Poemas sin nombre*, Aguilar, Madrid, 1953, p.122.
［2］ヴィフレード・ラムの経歴については、村田宏『トランスアトランティック・モダン――大西洋を横断する美術』、みすず書房、二〇〇二年を参照。
［3］Rodríguez Feo, José, *Mi correspondencia con Lezama*, Era, México, D.F., 1991, p.8.

かかわり、一九三三年に最初の長篇小説『エクエ・ヤンバ・オー（*Écue-Yamba-Ó*）』を書いたときの心境をアレッホ・カルペンティエルはこう記している。「前衛的になるようにつとめると同時に、ナショナリズム的でなければならなかった」。[4] 前衛的であることとナショナリズム的であることの両方を実現する。言い換えれば、コスモポリタンであることと、土着的であることだ。

一九二〇年代から三〇年代初頭にかけて高まりを見せた、ラテンアメリカの作家によるアヴァンギャルド運動の特徴を二つに分けるとすれば、コスモポリタニズムとアメリカニズム（アメリカ土着主義）である。[5] 前者は、アメリカ大陸にヨーロッパ的な空間を作り出そうとする行為であり、後者は土着的、非ヨーロッパ的なテーマを描こうとする行為である。多くの場合、ナショナルなテーマ、脱植民地的なテーマとして作品に具体的にあらわれる。

ヨーロッパの内部性を強調するコスモポリタニズムと、ヨーロッパに対する外部性を強調するアメリカニズム。[6] 矛盾するとも言えるこの二つの方向性を、この時代のラテンアメリカの芸術家たちはどちらかを選びとるというよりも、両方をひとりの芸術家が、矛盾を抱えながら実現している。ラテンアメリカのアヴァンギャルド作家であるオクタビオ・パスやミゲル・アンヘル・アストゥリアス、あるいはボルヘスには、確かにコスモポリタニズムと土着性の双方が見られる。ヨーロッパ・アヴァンギャルドを全身に浴び、それと同質の運動を自ら立ち上げつつ、作家によって濃淡の違いはあるにせよ、土着的テーマに接近していく。

先に引用したカルペンティエルの告白——前衛的になるようにつとめると同時に、ナショナリズム的でなければならない——は、キューバでも、コスモポリタニズムとアメリカニズムの相克がハムレットのように芸術家を苦しめていたことを示している。

しかし時代の変遷につれて、この相克は少しずつ、そのありようを変えていくことになった。オクタビオ・パスが言うように、まずコスモポリタニズムがあり、次いでアメリカニズムがある。[7]とすれば、キューバの場合、三〇年代のカルペンティエルの葛藤があったのち、四〇年代になると、キューバ芸術の表現の中心点は、「キューバ」そのものへ、アメリカニズムへシフトしたと見ることができ

［4］アレッホ・カルペンティエル『エクエ・ヤンバ・オー』平田渡訳、関西大学出版部、二〇〇二年、二八二頁。

［5］石井康史「外部について——瀧口修造、オクタビオ・パス、アレッホ・カルペンティエル——」、『To and From Shuzo Takiguchi』、慶應義塾大学アートセンター／ブックレット14、二〇〇六年、二四-三七頁。

［6］ラテンアメリカのアヴァンギャルド運動のなかで、コスモポリタニズム性を分析したものとしては、坂田幸子『ウルトライスモ——マドリードの前衛文学運動』、国書刊行会、二〇一〇年を、また、アメリカニズム性を分析したものとしては、崎山政毅「アンデスのアヴァンギャルド」、小岸昭他編『ファシズムの想像力』、人文書院、一九九七年、一七五-二〇一頁を参照。

［7］オクタビオ・パス『泥の子供たち』竹村文彦訳、水声社、二八二頁。

るだろう。[8] それを示すのが、冒頭の一九四三年のラムとロドリゲス＝フェオの祖国への帰還と、帰国と同時に着手した芸術活動なのである。

となると、一九四三年に起きたキューバ文化をめぐるもう一つの出来事は、キューバ文化の様相をより深く、また多様にとらえるための重要な出来事であるだろう。

この年、「島の重さ（*La isla en peso*）」[9] と題された詩が発表されている。「島」とはキューバ島のことである。作者の名前はビルヒリオ・ピニェーラ。この詩を含めた彼の作品と軌跡はキューバ文化の中で重要な流れを形成することになる。では彼は何を成し遂げたのか？

「肯定の詩学」と「否定の詩学」

アメリカニズムというのは、根本的には、アメリカ大陸の人間が、自分の足を置いているその大陸とどのようにかかわっているかが露わになる問題である。土地、文化への帰属意識がどのように表明されるのか。

キューバ島をめぐる詩行を二人の詩人から引用しよう。キューバ独立の一九〇二年に生まれたニコラス・ギジェンは、「熱帯での言葉（*Palabras en el trópico*）」（『ウェスト・インディーズ・リミテッド』所収）で以下のようにうたっている。

ジャマイカは、

黒人であることに満足だと言い、
キューバはすでに分かっている、自分がムラートであることを。[10]

ムラートとは、黒人と白人の混血のことをさす。ここに確認されるのは、ジャマイカ（＝黒人）と同様、キューバ（＝ムラート）も自分の存在に葛藤がないものとして捉えられていることだ。「すでに」という副詞からも、葛藤のなさが当たり前のこととして強調される。もちろん黒人やムラートの中身が何なのかを考えることも必要だが、ここでギジェンは、キューバ＝ムラートとして、キューバ

［8］人類学者フェルナンド・オルティスがキューバのアイデンティティ探求の書『タバコと砂糖のキューバ的対位法』を出したのは一九四〇年である。

［9］ちなみに "La isla en peso" は英訳では、"The whole island" (Mark Weiss)、"The weight of the island" (Pablo Medina)、あるいは "The Island fully burdened" (Thomas F. Anderson) などと訳されている。スペイン語の peso を通貨のペソと考えると、「米ドルではなくてキューバ・ペソの島」となる。ここでは上記三名による訳を参照しつつ、「島の重さ」と訳した。

［10］Guillén, Nicolás, "Palabras en el trópico", *Obra poética (1922-58)*, Letras Cubanas, La Habana, 1985, p.122. 邦訳にあたっては、『ギリェン詩集』（飯塚書店、一九七四年）を参照し、一部変更を加えた。以下、同書からの引用はかっこ内にページ数のみ記す。

をめぐる存在論的な葛藤を解消し、キューバが自らのアイデンティティを理解しているところを出発点にしている。

一方、ギジェンよりも十歳ほど年下のビリヒリオ・ピニェーラは「島の重さ」で以下のようにうたっている。

ぼくの国よ、お前は若すぎて、自分が誰だか分からない！[11]

この詩行ののち、

ぼくの民よ、お前は若すぎて、まだお片付けができない！
ぼくの民よ、お前は飾った話が好きすぎて、物語ることができない！
光か、それとも子どものように、お前にはまだ表情というものがない。(p.37)

と続けている。

ピニェーラの方では、キューバはまだ子どもだから、「分からない」し、「できない」ということが強調される。「まだ表情というものがない」。

キューバはいまだ輪郭の定まらぬ、未分化な、存在が不確定なものとしてとらえられている。赤ちゃんの国キューバ。
先のギジェンの詩は、タイトルが「熱帯での言葉」とあるとおり、詩全体が熱帯文化への礼賛になっている。

わたしは見る、お前が燃え立つ道をやってくるのを、
熱帯よ、
手提げ籠にマンゴーを入れ
恵みの砂糖黍を携え
黒人女の性のように紫のスターアップルを持って

燃え上がる暑さ、植物群（砂糖黍、椰子、果実）、そのかもす匂いといった熱帯文化を歓迎し、それとの交わりへの感謝を捧げる歌である。

［11］Piñera, Virgilio, "La isla en peso", *La vida entera*, UNEAC, La Habana, 1969, p.27. 以下、本章の同書からの引用はかっこ内にページ数のみ記す。

熱帯よ、私はお前に挨拶を送ろう
お前が生んだ娘たち、この破廉恥な島々から
塩っぱい肺から漏れ出る
スポーツの挨拶を
春の挨拶を（pp.121-122)

楽園キューバへの愛に満ちているのがギジェンの詩であるのに対し、ピニェーラが持ち出すのは「呪い」である。再び「島の重さ」を見てみよう。詩の冒頭部分である。

いたるところ水の呪わしい環境が
ぼくをカフェのテーブルに坐らせる。
水が癌のようにぼくを取り囲んでいると思わなければ
ぼくはぐっすり眠れただろう。
若者たちが服を脱いで泳ごうとしている頃
十二人が減圧症で死んでいた。
夜明けどき、女乞食が水に滑り落ち、

乳首を洗おうとするちょうどそのころ、
ぼくは港の腐敗臭にも慣れ、
魚が夢を見ているあいだ、夜毎、衛兵の性器を弄ぶその女にも、
ぼくは慣れる。
コーヒーを一杯飲んでみても、
自分が昔アダムの楽園に住んでいたという思いは去らない。
何が変容をもたらしたのか？（p.25）

どこか滑稽なこの語り手は、水浸しの、腐敗臭の漂う、猥褻な光景に取り囲まれている。ここで彼はこの地獄的な島の風景を皮切りに、哲学的な思考を巡らそうとする。かつてアダムの楽園に住んでいたはずなのに、気がつくと、ディストピア的な場所にいる。幻滅と失望。キューバへの期待から出発するのではなく、幻滅からはじまる詩。

ここで、キューバ文学の批評家たちの命名にならい、前者のギジェンの詩学を「肯定の詩学」と呼ぼう。そして後者、ピニェーラのそれを「否定の詩学」と呼ぼう。[12]「肯定の詩学」は、いま自身がいる場所に対する強い信頼に基づいて生まれる。キューバにはキューバの固有性があることを認め、それに愛着を抱き、それを探求し、自らそれと同一化しようとする。キューバ中心主義である。レサマ＝リマが書いた小説はそのものずばり『楽園』という表題だった。

彼は先に言ったように、創刊した文芸誌に『オリーヘネス（起源）』と名付けた。キューバ文化の起源探求がこの雑誌の仕事だった。

ピニェーラはこの流れに真っ向から対立するところに自らを位置付けたと言える。ここではもう少し、この「島の重さ」や、この系譜に連ねられるエベルト・パディーリャの詩を読んで、本書の大まかな見取り図を描いておこう。[13]

「島の重さ」

ほぼ三十歳の時に書かれた「島の重さ」は、ピニェーラの詩作の中では初期に属するが、彼の詩学の中心を占めている。後年ピニェーラを師と仰ぐレイナルド・アレナス――この人も一九四三年生まれだ――はこう評している。

これはひとつの頂点となる作品である。彼のその後の作品のすべての土台であり、すべてを正当化する。この詩はピニェーラの全作品の基礎をなしているからだ。彼の世界を把握するための鍵を私たちに与えながら、彼の創造の最良の部分を滋養し、土台を築いているからだ。[14]

ピニェーラの詩にも、ギジェンと重なり合うような、海、雨、風、砂糖黍畑、椰子の木、熱帯の様々な果実とその香りというカリブの自然は導入される。太鼓や拍子木（クラーベ）、グィロなどの

［12］「肯定の詩学」、「否定の詩学」という概念を最も早く打ち出したのは Ponte, Antonio José, “Por *Los años de los Orígenes*”, *El libro perdido de los Origenistas*, Renacimiento, Sevilla, 2004. 該当論文の初出は一九九五年。その後、Pérez Firmat, Gustavo, “El sino cubanoamericano”, *Ensayo cubano del siglo XX*, Fondo de Cultura Económica, México, D.F., 2002. および、Rojas, Rafael, *Un banquete canónico*, Fondo de Cultura Económica, México, D.F., 2000. がそれぞれ展開している。本稿の着想においては彼らの研究に多くを負っている。なお、スペインの作家エンリーケ・ビラ＝マタスは『バートルビーとその仲間たち』（新潮社、二〇〇八年）のなかで、ピニェーラを「否定の演劇」の作家としてとりあげているが、この着想も本稿と無関係ではない。

［13］「島の重さ」における「否定の詩学」についての研究には幾つかあるが、ここでの詩の解釈は、以下のものを代表的なものと見なし、参照して進めた。Rojas, Rafael, “Newton huye avergonzado”, *Virgilio Piñera: La memoria del cuerpo(edición de Rita Molinero)*, Plaza Mayor, San Juan, 2002, pp.249-259. Arenas, Reinaldo, “La isla en peso con todas sus cucarachas”, *Necesidad de libertad*, Universal, Miami, 2001, pp.131-152. Anderson, Thomas F., *Everything in its place:The life and works of Virgilio Piñera*, Lewisburg Bucknell University Press, 2006. Gastón Baquero, “Tendencias de nuestra literatura (1943)”, http://www.biblioteca.org.ar/libros/15676.pdf. Jambarina, Jesús, “Poesía, nación y diferencias: Cintio Vitier lee a Virgilio Piñera”, *Revista Iberoamericana*, Vol. LXXV, núm. 226, enero-marzo 2009, pp.95-105. Hernández Busto, Ernesto, “Una tragedia en el trópico”, *Encuentro de la cultura cubana*, núm. 14, otoño de 1999, pp.36-44.

［14］Arenas, Reinaldo, *Necesidad de Libertad*, p.142.

楽器への言及もあり、ある種の祝祭的空間も展開する。例えば、

パイナップルの芳しい香りは鳥の動きを止められる。(p.26)

という一行、あるいは、

驟雨は馬の背を叩く、
馬の尻尾に結ばれた昼寝、
馬を呑みこむ砂糖黍畑、
煙草が薄闇に流れ出て
密やかに迷い込む馬たち (p.30)

はどうだろう。こういうところだけを取り上げれば、絵画的な十九世紀のキューバ島をイメージできるかもしれない(一例を挙げれば、エステーバン・シャルトランの絵『夕暮れ Crepúsculo』一八六七、図版2)。しかし、先に引用したように、水浸しや乞食などの直截的なイメージの薄気味悪さがこの詩の特徴であることも確かである。スターアップルの色さえも、この詩では「不吉な色」(p.28)である。取り囲む水に苦しめられる民のイメージにも事欠かない。

水死した水兵の制服が岩礁にまだ浮かんでいる。（p.26）

今夜、老女と知り合ってぼくは泣いた、
彼女はあらゆるところ水に取り囲まれて百八年生きた
というのだ。（p.26）

水は通常の、秩序ある流れの時間を制止させてしまう。だが苦しめるのは水だけではない。太陽の光、これもまた苦しみのタネだ。

前進する明るみが侵入する
邪悪に、斜めに、垂直に、
明るみは影を吸い込む巨大な吸盤だ、
そして両手は両目をゆっくり覆う。

（中略）

図版２　エステーバン・シャルトラン『夕暮れ Crepúsculo』1867

明るみは舌を動かし、
明るみは腕を動かし、
明るみはグアバ売りに突進し、
明るみは黒人と白人に突進し、
明るみは自らを殴り、
休むことなく怒り狂って進み、
爆発し、破裂し、分裂しだし、
明るみは最もおそろしい分娩をはじめ、
明るみは明るみを産みはじめるのだ。
昼の十二時だ。(p.36)

こういう島は監獄にほかならない。「誰も出て行けない、誰も出て行けない！」(p.36)。島はどこまで行っても最終的には戻ってくる円環構造をなしていて、逃げ場がない。

ぞっとする円環の散策、
円環の砂を歩く足の闇の遊戯、
ウニの棘から逃げる踵の有害な動き、

癌のベルトのように不吉なマングローブが、
島を取り囲む、
マングローブと臭い砂が
島に住む者たちの腎臓をしめつける。(p.32)

ある批評家は、ピニェーラ作品の特徴として「熱帯において、時間は存在しない。物事や出来事は継起し、流れるが、それが事件に変わっていくことはない。事件は差異、意味、新奇を暗示する。こうしたことはビルヒリオ・ピニェーラの登場人物には起こらない。破壊的な太陽の下で冬眠をする矛盾した存在だ。」と言っている。[15]

『オリーヘネス』がキューバを意味づける「出来事」や「事件」であろうとし、キューバの歴史化を試みたとすれば、「記憶を呼び戻す行為、それは永遠の悲惨」(p.25) と歌う「島の重さ」は反歴史を標榜している。

薄気味悪いイメージは、キューバに対する真面目な期待を挫き、虚無感、不敬さを漂わせる。「高

[15] Hernández Busto, Ernesto, "Una tragedia en el trópico", *Encuentro de la cultura cubana*, núm. 14, otoño de 1999, p.36.

笑いが響き、聖なるものは価値が下落する」(p.29)

当時キューバでこの詩を読んだガストン・バケーロという詩人は、一九四三年の最良の詩の一つと見なしながら、「私たちの現実についての極論主義者の、否定主義者の、意図的な歪曲主義的傾向の一つ」[16]であるとしている。そのように判断する根拠は何か。
「ビルヒリオ・ピニェーラが、表現としてキューバ的なスタイルとは全く断絶した方法で、知的かつ大胆、時に意図的に人目を惹き、またきわどい詩文の中で提起したこの島は、アンティール性やマルチニーク性を備えた島であり、我々を表現したものではなく、我々に属するものではない。」(傍点引用者)ここには、キューバを、他のカリブ圏と区別する発想が見られる。キューバ中心主義である。

これとほぼ同じような論調でこの詩に厳しかったのは、やはりキューバの詩人・批評家のシンティオ・ビティエルである。彼は「アヴァンギャルド」以降の十人のキューバ詩人のアンソロジーを『オリーヘネス』出版から出し、そこにピニェーラを含めたものの、ピニェーラの文学を、「美的、倫理的、宗教的な本質を持たずに現実を把握する最も略奪的で残酷な試み」として、「島の重さ」については「偽の土着主義の誤った経験」と評した[17]。

多くの芸術家がアメリカニズムに向かう過程にあったこの時期、確かにピニェーラもまた、キューバを描こうとした。それは間違いないだろう。しかしそこに描かれた内容は、こうした批評家にとって本物のキューバではない、歪曲されたキューバと見えた。

どちらが「本物」のキューバを書いているのか、それは誰にもわからない。ここで重要なのは、一方がもう一方を「偽物」と呼び、そのことで自らを「正統」と位置付けていることではないだろうか。ここに、キューバを正しく我が物にしているのは誰なのか、という問いがあることが確認できる。

本書で見ていくように、革命以降の文化政策は革命文学の「正典」とそれ以外の線引きを行い、多くの対立を引き起こした。筆者は、対立の源泉の一つに、この、「誰がキューバを所有できるのか」という論点があると考えている。

「パディーリャ事件」

革命後、「パディーリャ事件」という言論弾圧事件が起きている。

そもそもは、詩人のエベルト・パディーリャがキューバの作家リサンドロ・オテロから頼まれてオテロの作品『ウルビーノの情熱（*Pasión de Urbino*）』を読んだところにさかのぼる。その後パディーリャはオテロの要請に応え、スペインのビブリオテカ・ブレーベ賞の候補作となるように手配する。この文芸賞は一九六二年にバルガス＝リョサの『都会と犬ども』に与えられ、ラテンアメリカ文学の

［16］Baquero, Gastón, "Tendencias de nuestra literatura (1943)", www.biblioteca.org.ar/libros/156676.pdf
［17］*Diez poetas cubanos: 1937-1947(Antología y notas de Cintio Vitier)*, Ediciones "Orígenes", La Habana, 1948, p.79.

流行に火をつけていた。しかしオテロの願いは叶わず、一九六四年の同賞は、同じキューバ人のギジエルモ・カブレラ＝インファンテの『三頭の淋しい虎（邦題は『トラのトリオのトラウマトロジー』）』が受賞し、オテロの作品は翌年の選外佳作となった。

この結果を見たパディーリャは爆弾を放つ。キューバの文芸誌『エル・カイマン・バルブード（*El Caimán Barbudo*）』誌上で、文学賞を狙うオテロから（しつこく）スペインの出版社への斡旋依頼があったことを暴露してオテロを貶める一方で、カブレラ＝インファンテの作品を激賞したのである。いわく、「文学賞を与えられなかったオテロの幻滅も、彼に文学賞を与えないスペインの審査員の決定もよくわかる。カブレラ＝インファンテの作品こそこれまでに書かれたキューバの小説のなかで最も輝かしく、最も才知に溢れ、最もキューバ的な小説である。この先オテロは文化官僚になるか革命作家になるしかない」と。後に触れるように、当時この雑誌の編集長を務めていたのは、ヘスス・ディアスである。雑誌の同号にはパディーリャに対してかなり強い口調の反論も掲載されている。その後パディーリャは再反論を同誌に掲載する。これが一九六七年の「パディーリャ事件」第一幕である。

翌一九六八年、今度はパディーリャの詩が爆弾になる。後述する彼の詩集『ゲームの外で（*Fuera del juego*）』が、作家芸術家協会（UNEAC）が主催する、キューバ詩人の名を冠した「フリアン・デル・カサル賞」を審査員の満場一致で受賞する。ところが主催した作家芸術家協会の執行部は——ちなみに当時協会の代表を務めていたのはニコラス・ギジェンである——、パディーリャの詩に表明された反革命的で反歴史的な姿勢を問題視し、執行部の声明も併せて掲載することを条件に受賞と詩集の刊行を許可する。これが「事件」第二幕だが、ここまではまだ国内、というよりも文壇内部の論争に過ぎない。

しかしそれから三年が過ぎ、「事件」第三幕が起きる。サトウキビ一千万トン生産計画の失敗を背景に政権側は知識人層への言論統制を強め、一九七一年四月、パディーリャを、元はマリスト会の学校で革命後に政治犯の収容先となったビリャ・マリスタにおよそ一ヶ月間拘束する。パディーリャに示された逮捕状には「国家権力に陰謀を企んだこと」と書かれていた。[18] このニュースは国際的に伝播して、カストロを支持していた西側知識人はパディーリャの身を案じる内容の公開書簡をカストロへ送る（一九七一年四月九日付）。署名者の中にはカルロス・フエンテス、ガルシア＝マルケス、フリオ・コルタサル、バルガス＝リョサといったラテンアメリカの作家のほか、イタロ・カルヴィーノ、サルトル、ボーヴォワール、アルベルト・モラヴィアなどの名前があった。[19] パディーリャは一ヶ月後の一九七一年四月二十七日、見違えるように衰えた姿で現れ、作家芸術家協会のホールで公開の「自

［18］Padilla, Heberto, *La mala memoria*, Plaza&Janés, Barcelona, 1989, p.149.
［19］事件の経緯は、Padilla, Heberto, *Fuera del juego: Edición conmemorativa 1968-1998*, Universal, Miami, 1998. を参照。

己批判」演説を行った。司会を務めたのはホセ・アントニオ・ポルトゥオンドである（ポルトゥオンドについては本書第七章を参照のこと）。その演説は文化機関カサ・デ・ラス・アメリカスの雑誌「カサ（*Casa*）」に掲載されている。日本でも彼の拘束から自己批判に至る経緯は報道された（『朝日新聞』一九七一年五月二十三日付、朝刊）。

『朝日新聞』の報じるように、この事件をキューバの「文化大革命」、パディーリャをキューバの「ソルジェニーツィン」と見なすのは、大枠としては間違っていないだろう。

ここでは、「事件」そのものよりも、パディーリャ自身の詩集で、革命下における詩人、つまり芸術や文化に迫りつつある嫌な雰囲気を歌った『ゲームの外』の表題作を振り返っておこう。文学論争を仕掛けたパディーリャの詩をどのように読むかが、先に提示した論点と重なっていることを確認しておきたい。

詩人をつまみ出せ！
あいつはここではやることがない。
ゲームに参加しない。
盛り上がらない。
言いたいことをはっきりさせない。
奇蹟が起きているのに目を向けもしない。

一日丸ごと、考えてばかり。
いつも反論探しだ。

あいつをつまみ出せ！
水差し野郎は脇に放り出せ、
夏の
不機嫌男を
昇りつつある太陽の下で
黒いサングラスをかけている。[20]

「ゲームの外で」では、権力者からの、詩人に対する不満の言葉が乱暴に連ねられる。「ゲーム」「奇蹟」「昇りつつある太陽」は革命のことだろうが、詩人はそこに「参加しない」でサングラスをかけている。部屋に閉じこもり、口を開けば反論の言葉しか吐かない。

［20］Padilla, Heberto, *Fuera del juego*, UNEAC, La Habana, 1968, p.59.

この詩で、「詩人」を「つまみ出す despedir」三人称複数の主体は誰なのかは不特定である。スペイン語の動詞の三人称複数形は、主語を特定しないで使えるが、その用法が頻繁に使われる。「つまみ出す」のは誰なのか。

一方、はっきりしているのは、何らかの力が行使される対象の方で、それは詩人である。反論ばかりしていると、いつの日かつまみ出されるかもしれない。詩人は不特定で複数の存在に取り囲まれている。

政治権力者から見た詩人への不満、詩人の追放命令がこの詩であるが、しかもここでは、パディーリャが恣意的に権力者の内面を読み取った形をとっている。革命の重みや意義を挫こうとする軽薄で遊戯的な態度が、詩にある種の不敬さを漂わせている。

パディーリャ自身はのちに行なった「自己批判」の中で、一般に詩の歴史においては喜びや期待や夢を書くよりも、悲しみを書く方が容易い、泣く方が容易いと言い、自身が幻滅を詩作の着想の原点にしていたことを告白している。「私の詩のエンジンは、ペシミズム、懐疑主義、幻滅なのです」[21]。文学賞の審査員はパディーリャの態度を革命への不服従だと評した[22]。

キューバ芸術の二本のレール

キューバ島をどう捉えるかという立ち位置から書かれたピニェーラの詩と、革命との距離を描いたパディーリャの詩では文脈は異なる。しかし詩の出発点に、島の起源探求や革命への不服従という、時代の趨勢から距離をとった眼差しがあることは共通するのではないだろうか。

　先に引いたバケーロは、ピニェーラの詩は、キューバ文学史に照らしてみれば、十九世紀の詩人フリアン・デル・カサルや作家のファン・クレメンテ・セネアの流れに連ねられるという。これらの詩人においては、「キューバの大きな問題が、逆から、暴力的に、歪められて捉えられているけれども、［それらの問題が］脈打ち、解決不能のまま、生き生きと刺すようにある」と結んでいる。このことは、ピニェーラの詩が突発的に出てきたものではなく、キューバの詩の伝統に根ざしていることを意味するが、それはつまり、ピニェーラの後にも引き継がれる流れでもあることをも予言する。実際、それを引き継いだ一人が、ここで見たエベルト・パディーリャである。

　一九四三年のアメリカニズムの時代には、「島を正しく我が物にしているのは誰か」は美学上の対立を生み、島の芸術運動を動かしていった。『オリーヘネス』の十年を超える継続はまさにその証だろう。

　では四半世紀後、社会主義革命が進行しているとき、その対立はどうなったのか。批評家のフレド

［21］Padilla, Heberto, “Intervención en la Unión de escritores y artistas de Cuba”, *Revista Casa de las Américas*, número 65-66, 1971, p.194.
［22］Padilla, *Fuera del juego*, pp.19-20.

リック・ジェイムソンが言うように、社会主義革命が起きている国では、通常それ以外の社会において区別されている公的生活と私的生活は明確に区別されない。政治的なものや国際的な情勢が私的な生活に介入してくるのが常である。[23] こうして、友愛的な人間関係《ゲマインシャフト》の中での論争とも言える島の所有者を問う美学上の論点は、社会的な領域《ゲゼルシャフト》で議論されることになる。

パディーリャを「つまみ出す」ことは、一方で革命運動に求心力を与え、島の内部には強力な「肯定の詩学」――その中心には、ここから先、折に触れて出てくるカサ・デ・ラス・アメリカスがある――が打ち立てられた。もう一方では、これをきっかけに、多くの表現者たちが島を離れ、島の外、例えばマイアミ、マドリード、バルセロナ、メキシコシティに表現の場を求めるようになる。「肯定の詩学」と「否定の詩学」はともに、島の内のみならず外におけるキューバ芸術の二本のレールとなって、その上を多くの芸術家が走り続けているのである。

［23］ Jameson, Fredric, "Foreward: The Initials of the Earth", Díaz, Jesús, *The Initials of the Earth*, Duke University Press, Durham and London, 2006, p. xi.

第一部　ピニェーラとアレナス

第一章

断片の世界
——ビルヒリオ・ピニェーラを読む

キューバには「まだ表情がない」と詠った、「否定の詩学」の詩人ビルヒリオ・ピニェーラ。その生涯を簡単にまとめておくことにしよう。

ビルヒリオ・ピニェーラは一九一二年にキューバの港町カルデナスで生まれた。父親は土地測量技師、母親は教師だった。カマグエイで中等教育を終え、一九三七年ハバナ大学哲文学部に入学した。同じ年、内戦のためアメリカ大陸を訪れていたスペインの詩人フアン・ラモン・ヒメネスに見出され、彼が編んだキューバ詩集に詩が載った。一九四三年に「島の重さ」を発表して作家としての立場を明確にし、その後、詩や短篇、戯曲を中心に執筆を続け、ハバナを拠点に文芸誌を自費出版したり、文芸誌に寄稿していたが、一九四六年、奨学金を得てアルゼンチンのブエノスアイレスに渡り、一九五八年まで数回の一時帰国を挟みながら滞在を続けた。滞在中に長篇『レネーの肉（*La carne de René*）』、短篇集『冷たい短篇たち（*Cuentos fríos*）』（図版1『*Cuentos fríos*』表紙）がブエノスアイレスで出版される。カストロ、ゲバラらの革命運動が終結する直前の一九五八年末に帰国して、政権樹立後はキューバ文壇のまとめ役として主要文化紙の編集に携わる。しかし一九六一年カストロを批判し、同年、同性愛者であることを理由に逮捕された。以降、表舞台からはパージされたが執筆は続け、一九六三年に『小演習（*Pequeñas maniobras*）』、一九六七年に『圧力とダイヤモンド（*Presiones y diamantes*）』[1]（ともに中篇小説）を発表したり、アンダーグラウンドでレイナルド・アレナスやアビリオ・エステベスなど若手作家と親しく付き合う。亡命の道を探るが叶わず、一九七九年十月ハバナで死去した。[2] アレナスが亡命したのはそれ

図版１　『*Cuentos fríos*』表紙

から半年後のことである。

ビルヒリオ・ピニェーラの短篇から

登山から落下へ

彼の作品のなかでもおそらくもっとも有名なもののひとつであり、ラテンアメリカの短篇選集に収録されることも多い短篇「落下（*La caída*）」を足がかりにして彼のアメリカニズムを見ていくことにしよう。原文でわずか二ページほどで、その長さ（短さ）といい、内容といい、ピニェーラ作品の特徴を凝縮し、さまざまな深読みを誘う内容になっている。この短篇は登山の話だが、アルピニストが山頂に着いたあと、ふとしたきっかけで麓まで落下してしまうのが結末である。そして歴史的に登山登山という行為は、ひとまず目的達成の物語として見ることができるだろう。

［1］アビリオ・エステベスはハバナ出身の作家。ピニェーラとの交流があった最後の世代の作家として知られる。二〇〇〇年にキューバを離れてバルセロナへ。作品に『王国は君のもの（*Tuyo es el reino*）』（1997）、『ハバナの秘密の財産目録（*Inventario secreto de La Habana*）』（2004）など。

［2］ピニェーラの生涯については、Cervera, Vicente y Serna, Mercedes, “Introducción”, *Cuentos fríos/El que vino a salvarme*, Cátedra, Madrid, 2008, pp.13-108. を主に参照。

は男の物語でもある。しかしこの短篇は、「ぼくたちは高さ三千フィートの山に登り終えた」[3]という、登山への皮肉にも聞こえる書き出しではじまる。三千フィート、つまり、たかだか九百メートルの登山に成功した話なのである。したがってそもそもの出だしから、登山という物語につきものの冒険の大きさを否定、あるいは愚弄しているように読める。じっさい、登頂したからといって二人のアルピニストは喜ばない。感極まって抱き合ったりもしない。「束の間いただけで、さっさと下山にとりかかった」のである。

こうして登山の物語はあっと言う間に下山の話に変わる。何かを成し遂げたことの意義を祝い合って栄誉を称えるような心境にもならないし、そういう時間はいっさい費やされない。山を征服したという男らしさもない。登山という行為につきものの英雄性は否定されている。二人の男が山に登ったというただそれだけの事実が素っ気なく提示されているだけだ。この二人の男の武勲が他のアルピニストのそれと比べられ、どちらが勇敢か、どちらがアルピニストとして英雄なのか、そういう連関性や因果関係のなかにこの登山は組み込まれていかない。二人の目的は「山頂に記念の瓶を埋めたり、勇敢なアルピニストの証に旗を突き立てたりするためではない」(傍点引用者)のだ。競い合う、高め合うというような、近代的な企てという概念そのものが否定、あるいは愚弄されているように読めるのが、この物語の冒頭である。

「世界」との関係が失われた孤立性。こういう世界観とピニェーラのキューバ観を並べてみよう。キューバは一八九八年に米西戦争に勝利した米国によって軍事占領下におかれたのち、一九〇二年に米国の保護国として独立を果たした。ピニェーラが生まれたのはそれから十年後の一九一二年である。彼はこの年のことを、そしてそのときのキューバを以下のように振り返っている。ピニェーラの文体的特徴に触れてもらうために、やや長い引用になることをお断りしておく。

ぼくの生まれた年を言うことにはなんの意味もない。無駄というものだ。そうした数字が引き合いにだされるのは、生まれたときに何か重大な事件──軍事的なものであれ、経済的なものであれ、文化的なものであれ──が起きた国の場合である……。そうであれば、その年号はなんらかの意味をもつだろう。たとえば、ぼくが生まれたときにぼくの国が別の国を侵略したとか、あるいはぼくの国が別の国に侵略を受けたとか。はたまた、ぼくがこの世にやってきたとき、ぼくの同胞のX氏が経済学の理論でほかのたくさんの国に模範となるものを示した、とか。しかしぼくに限って言えば、そんなことはまったくない。面白いことに、（読者のみなさんの好奇心をこれ以上そそらないように一応、年号を書いておくが）一九一二年というぼくが生まれた年には、キューバにはこういうことはぜんぜん起きなかった。キューバは当時、よく言われているように、植民地状態をようやく脱したばかり、強国たちのあいだに挟まれた谷間で、取るに足らない小人という宿命のもと、あわれなヨチヨチ歩き

［3］この作品からの引用は拙訳による。Piñera, Virgilio, “La caída”, *Cuentos completos*, Alfaguara, Madrid, 1999, pp.35-37.

をはじめたところだった……。当時のたくさんの現実とぼくたちには何のかかわりもなかった。（中略）ぼくは、田舎臭い首都のある、どこをどう見ても田舎臭い国の、田舎臭い六つの州都のなかの、田舎臭い街に暮らしていた。[4]（傍点引用者）

自分のことなぞ聞いてくれるなと言わんばかりのイジケ気分と、そういう境遇を楽しんでいる気分の同居——自分の生い立ちを語るこの文章に、すでにピニェーラの立ち位置が示されている。では、生まれた年を言うことに意味がある人は誰だろうか。ピニェーラの頭にあったのは、たぶんニコラス・ギジェンだろう。一九〇二年、キューバ独立の年に生まれ、『ソンのモチーフ（*Motivos de son*）』（一九三〇）でアフロキューバ文化を歌った国民的詩人である。ちなみにギジェンが死んだのはキューバにとってやはり意義深い、東欧社会主義圏の解体がはじまった一九八九年のことだった。

ピニェーラの言う「強国」のなかでいちばん最初に来るのは、二十世紀以降の「宗主国」米国だろう。キューバでは独立後、米国の度重なる軍事干渉を受け、内からの民族的独立を阻まれ、砂糖のモノカルチャーによって政治、経済面で対米従属が深まった。足元もおぼつかずに倒れそうなのが二十世紀初頭のキューバである。そこに住む「ぼくたち」＝キューバ人は世界に起きていることと何のかかわりももっていない。キューバという国を世界秩序から隔絶された不毛な存在、しかも奇形として受容しようというのがピニェーラの眼差しである。

彼が「田舎臭い」と言っている首都とはハバナ、彼が暮らした「田舎臭い」街はカルデナスを指しているが、どちらも植民地時代に大きな拠点になった都市である。カルデナスは米西戦争では戦闘があったし、二十世紀に入ってからは砂糖輸出港として栄えた。ほとんど知られていないが、このカルデナスは、スペインの哲学者オルテガ・イ・ガセー（モダニズム雑誌『レビスタ・デ・オクシデンテ（*Revista de Occidente*）』を一九二三年から創刊している）の父ホセ・オルテガ・イ・ムリーリャが生まれた土地でもある。この人物もまたスペインで有名なジャーナリストだった。となれば、後発のモダニストにとってみればコスモポリタン的空間を確保できる「場」として見えてもおかしくない。しかしピニェーラは自分の街がヨーロッパの文化の延長線上にあり、ヨーロッパ文化の産物であることは認識しながらも、そのヨーロッパ性に同一化できないずれた感覚をもっている。

二人の男

「落下」に戻ろう。

二人は下山をはじめる。登山という行為に下山を欠かすことはできない。どんな小さな山であれ、下山して、もといた場所に戻って登山という物語ははじめて完了する。しかし男二人はその途中で失敗を犯す。パートナーがバランスを崩したところから物語は急展開する。

---

［4］Piñera, Virgilio, “La vida tal cual”, *Unión*, núm.10, 1990, pp.22-23. この回想録はピニェーラの没後に公開されたものである。

> （前略）パートナーは流れ星のようにぼくの股の間をすりぬけていった。間髪を入れず、さっき言った彼の背中と結ばれたザイルが引っ張られ、ぼくは下山するときとは反対向きにされた。つづいて彼も、ぼくと同じように、躊躇なく物理の法則にしたがったので、ザイルのたるみがなくなると、やはりもとの向きとは逆さ向きになった。ぼくたちは、なりゆき上、いやおうなしに向かい合わせになった。口に出さなくても、墜落が避けられないのはわかった。そしてそのとおり、またたく間にぼくたちは落ちはじめた。（傍点引用者）

ピニェーラに登山の経験はなく、テクニカルな用語を正確に知っていたわけではないようだから、引用した個所をリアリズムで読み解く作業は難しい。ピニェーラの想像力によってこの「落下」の様子が描写されていると考えるべきだろう。ではどういう想像力が働いているのか。

ザイルで「結ばれた」二人の男の動きに注目すると、「股の間をすりぬけ」たり、「逆さ向きに」なったり、「向かい合わせに」なったりと忙しい。この身体接触を見ていくと、二人の間の性的な行為が含意されているように読めてこないだろうか。落下はパートナーがバランスを崩したところからはじまったのだが、そこも引用しておこう。

> パートナーが金属のスパイクのついた登山靴を岩にひっかけてバランスを崩し、くるっと一回転してぼくの目の前に落ちてきた。そのせいで、ぼくの両足の間でたるんでいたザイルはぴーんと張り詰

めてしまい、ぼくは谷底に転がり落ちないように、体を前にかがめなければならなかった。（傍点引用者）

パートナーが目の前に突然やって来たために、ぼくは両足のあいだにあるもの（ここではザイルと書いてあるが、何のことかはお分かりだろう）が張り詰めて、前かがみになる――先に引用した身体の動きを踏まえると、ここを性的な含意を抜きにして読むのはさらに難しくなる。

ピニェーラは同性愛者だった。[5] もっとも、ここではピニェーラが同性愛者であったことをことさら言いたてたいのではなく、キューバで同性愛者であること、しかもそれをカミングアウトすることは、それほど簡単なことではなかったということを指摘しておきたいのだ。

すでにさまざまな研究で明らかにされていることなので紙幅は割かないが、マチスモ（男には男らしさを誇示する行動が求められる考え方）が文化的コードとして定着しているラテンアメリカ諸国では、そのコードを混乱させる同性愛者はひときわ差別の対象になってきた。[6] キューバの同性愛差別を暴い

［5］Piñera, "La vida tal cual", p.23.

［6］キューバにおける同性愛者への迫害については、Lumsden, Ian, *Machos, Maricones and Gays: Cuba and Homosexuality*, Temple University Press, Philadelphia, 1996. などを参照。

たドキュメンタリー映画『インプロパー・コンダクト（*Improper Conduct*）』（一九八四）にあるように、革命以降のキューバにおける差別政策は強制収容所（UMAP）まで生みだしたが、それを下支えしたのは革命前から同性愛嫌悪が根付いていたキューバの状況である。

落下するときの二人は相手の眼と口をそれぞれ手で押さえ合う。まるで二人の関係を言ってはいけない、見なかったことにしよう、と意味しているかのようだ。

登山という男らしい物語のなかに、ピニェーラが男同士の性行為を含意させていたとすれば、この短篇は冒険的である。男らしさの溢れる登山はあくまで借り物に過ぎず、そこに男同士の恋愛を忍び込ませているだけでなく、性的に大胆な描写まで行っている。仮にピニェーラにその意図がなかったとしても（なかったとは思えないのだが）、その後のピニェーラに関する読解、理解、あるいはゲイ文学に関する読解が進んだいまとなっては、引用したようなシーンをもつこの短篇を、二人の男のセックスを描いたゲイ文学として読むことに抵抗はないだろう。[7]

バランスを崩した二人の男は落下する。肉体の結びつきを行なった同性愛者が落下するという展開それ自体も、キューバにおける同性愛者の社会進出の不可能性、その二人の心中譚として読めるだろう。わずかなすれ違いが導く二人の悲劇、それをロミオとジュリエットの死と比べてもいいはずだ。ここではタイトルの「La caída」を「落下」と訳した。しかしこれを仮に「転落」と訳すとすれば、同性愛者が社会からはみ出していく、逸脱のニュアンスが強調されるだろう。そしてそれもひとつの読み方である。

落下が起動する生

この短篇の白眉は二人の落下がもたらす残酷、痛苦の描き方にある。それは通常、残酷さから導き出されるイメージとは正反対ですらある。二人が落下する様子を引用しよう。

こんな風に肉体が落ちていくときには仕方のないことだけれども、刻一刻と落下速度は増していった。パートナーの指のあいだのわずかな隙間から事のなりゆきを眺めていたぼくの眼に飛び込んできたのは、パートナーの頭があっという間に鋭利な岩先にすっぱりもっていかれる光景だったが、ぼくはすぐに視線を自分の身体に戻し、自分の両足がたぶん石灰石の岩にぶつかって胴体から離れるのをこの眼で確かめた。その岩はのこぎり状で、大西洋横断船の甲板に使われる鉄板を切るのこぎりと同じくらいの威力を発揮しながら触れるものを次々に切断していった。（……）じっさいのところ、大まかな計算で五十フィート落下するごとに、身体のどこか一部が切り離されていった。五

［7］たとえば、Quiroga, José, "Fleshing Out Virgilio Piñera from the Cuban Closet", Bergmann, Emillie L. & Smith, Paul Julian, *¿Entiendes?: Queer Readings, Hispanic Writings*, Duke University Press, Durham and London, 1995, pp.168-180.

つ数えるうちに失ったものを挙げると、パートナーは左の耳と右の肘、それから足を一本（どちらかは思い出せない）と睾丸に鼻。ぼくは胸腔上部に背骨、左の眉と左の耳、そして頸部という具合である。

たぶん抱き合っている二人は落下しながら岩にぶつかり肉体がもげ、身体が切断される。手、足、耳、といった部位を次々に失っていく。無感覚に肉体が分解されていくさまやいくつかの解剖学的術語の使用は、前衛芸術に共通する実験的表現の追求だろう。

落下の様子が客観的に対象化され、描写されているこのシーンを視覚的に想起するとすればスローモーションのようになるのではないか。だが必ずしもそうとも読めない個所もあり、何が起きているのかがわかりにくい。「落下」という内容が想像させる速さが読み手にアクセルを踏ませる一方で、形式面における饒舌さ、「大西洋横断船」といった唐突な脱線やユーモアはブレーキになっている。内容に対応する描写がリアリズムでは測ることができない、ごつごつとした、リズムのとりにくい硬質な文体である。バロック的な装飾を施した文体と言っていいだろう。

ピニェーラの場合、落下＝死ではない。残酷＝痛みでもない。むしろ足場が失われ、落下がはじまったときに「生」が開始されている。そもそも足場が失われたくらいで人はすぐに死ぬものではない。「即死」というのはあくまで物理的な計測に過ぎない。死ぬ人間にとって「即死」というのはありえない。そんな簡単に人は死ねない。死んではならない。そのことをピニェーラは書いている。カストロに作家としての死を宣告されてからも、ピニェーラは長い人生を生きたのだった。

突拍子もない事態が出来したその瞬間にこそ、むしろ人間の（本来の）束の間の生がはじまるのだ。ビルから転落しようが危篤で病院にかつぎこまれようが、その切迫した事態になってはじめて「生の細部」が発見される。

確かに、急激な墜落の衝突によってもたらされる死までは、厳密に測れば一瞬だろう。しかしその一瞬にも当然のことながら細部はある。希望の潰えたかに見えるその先に細部としての「生の躍動《エラン・ヴィタル》」がある。ピニェーラはその束の間の細部をくまなく、しかも客観的に掘り下げてゆく。細部にこだわることでその瞬間をできるかぎり長く引き延ばし、死の到来を遅らせる。死へ一直線に進んでいく中で、発見される生の細部への執着こそが落下というアクセルに対応するブレーキなのだ。

「落下」に出てくる二人組は最初、人格的な深みを欠いたのっぺりとした存在として登場するが、落下がはじまったとたん、「ぼくの気がかりはただひとつ、眼を失うことだけだった。だから墜落で傷つかないように、ありったけの力を尽くして眼を守ろうと」する。パートナーも「グレーのすばらしい美しい髭」が地面に触れてしまうことが気がかりになる。落下するにいたって、二人の繊細な、人間的な、そして神経質とも言える性格が顔を出す。むしろ二人は落下によって死を前にして、ついに生き、ついに「人間」になる。

落下中に失われる身体の部位がひとつひとつ克明に焦点化されて描写されるとき、その部位が奇妙な生命力を帯び、それぞれが生きてくる。それまで感覚されなかった部位を存在せしめる契機として落下という足場崩しがある。散らばった部位は生きている。

砕け散った断片の世界

二人の身体は鋭利な岩や、農夫の残していった棒杭にひっかかってばらばらになって落ちてゆく。それらが着地した「平らな芝生」には、おそらく各断片があちこちに散らばっているのだろう。大きさも形状も手触りも異なる物が拡散している状態である。固体や液体、そして気体もあるだろう。もとはひとつの身体に属していた部位が切り離され、もはやそれら同士は関係がない。それぞれの部位は身体としてひとつになって機能していたのだが、もう「ぼく」の手なのか、「パートナー」の足なのかすらわからない。もとのつながりに戻ることは不可能である。全体とは切り離されて、互いにつながりのない物が無数に散らばる、断片の世界である。

この断片の世界をたとえばキューーバ島として読むことはできないだろうか。

短篇「落下」が書かれたのはピニェーラが三十二歳の一九四四年だった。物を書きはじめ、曲がりなりにも出版するようになって三年が過ぎていた。彼が注目を浴びたのは序章で触れた詩「島の重さ」だった。この詩に書かれていることと短篇とをあわせて読むと、ピニェーラの描く断片の世界、互いにかかわりをもたずに散らばっている世界を理解するうえで役に立つかもしれない。

キューーバを題材として取り上げたこの詩はエメ・セゼールの『帰郷ノート』を意識して書かれたものだというのが定説になっている。キューーバでは一九四二年に『帰郷ノート』のスペイン語版が民俗学者リディア・カブレラの翻訳とバンジャマン・ペレの序文がついて出て（イラストはラムによる）、ピニェーラ自身も「夜明けの征服（Conquista del alba）」というセゼールの詩をスペイン語に訳している（一九四三年）。したがってこの時期のピニェーラがキューバを含めたアンティール諸島のアイデンティティをめぐる実存的な問題に関して何か応答しようとしていたことは十分に考えられ、その結晶がこの詩であることは容易に推測される。しかしセゼールとピニェーラの立場は決定的に違う。一旦フランスに住んで、それゆえに帰郷をテーマにできたセゼールに対し、ピニェーラはそれまで島に閉じ込められ、帰郷というテーマなどおよそもち得なかった。帰郷とはそもそもが祖国を出ることができる人間にこそあり得る視点であって、そうでない人間からは羨望の的、もしかすると怨嗟の対象だったかもしれない。

難解なこの詩でピニェーラは島を呪われた存在として、忌まわしい宿命にとらわれた場所として描いているが、島の断片性を歌っている個所として以下のフレーズを見てみたい。

太陽が一度だけ出る歴史に対峙する永遠の諸歴史、
道化師とオウムを生むこの土地の永遠の諸歴史、
かつては黒人だった黒人たちと、
かつては白人ではなかった白人たちとの永遠の諸歴史、
（中略）

白の、黒の、黄の、赤の、青の永遠の諸歴史、
——ぼくの頭上であらゆる色が砕け散っている——[8]（傍点引用者）

ヨーロッパの単一の歴史に、キューバの歴史の複数性、人種の複数性が対置されている。道化師とオウムはヨーロッパ人を過剰にパロディ化して模倣するキューバ（人）のことだろう。キューバにいるのはアフリカの「黒人」ではない。ヨーロッパの「白人」ではない人びとが「白人」だと名乗っている。黄は東洋人、とりわけサトウキビ農場で働かされた中国人を指しているだろう。そうしたさまざまな色（人種）が混じり合って最終的に単一なもの、全体性に向かうのではなく、爆発した火山のように、飛び散っている流動性のまま、外に放射していく状態で把握されている。ピニェーラは島を単一のものとして見ない。ヨーロッパやアフリカから切り離された断片として歌われるキューバ。もとに戻ることのできない、大きさも形状も手触りも異なる文化の散らばりである。

ヨーロッパの一回の歴史とは、「生」の一回性を指していると考えてもよいだろう。はじまりがあって終わりがある一度だけの、有限の（ユダヤ・キリスト教の）歴史観である。こういう生の一回性に対して、永遠性が対置されている。となると、この詩で言う「永遠の諸歴史」とはさまざまな死のことを指しうる。有限の生に対して無限の死。キューバとはヨーロッパ的な「生」に対して、「永遠のさまざまな死」がはじまった土地のことなのかもしれない[9]。

キューバの民俗学者フェルナンド・オルティスはキューバの文化状況を、「トランスクルトゥラシ

オン（Transculturación）」という術語を使って、さまざまな人種や文化が混じり合う流動的な過程にあるととらえた（一九三五年）。「落下」の最終場面をキューバの似姿として読めば、ピニェーラの描く世界、彼が把握する世界では、断片がただ断片として放り出されている。[10]

［8］Piñera, Virgilio, "La isla en peso", *La isla en peso*, Tusquets, Barcelona, 2000, p.42.
［9］歴史観については、真木悠介『時間の比較社会学』岩波書店、一九八一年などを参照。
［10］ピニェーラの短篇に、その断片同士が暴力的に関係させられる「交換（El cambio）」がある。この短篇では二組の恋人同士（ここでは男と女のカップル）が出てくる。二組四人はそれぞれはじめての肉体関係を持とうとして、たまたま同時刻に一軒の屋敷を訪れる。屋敷の主人でもあり、四人に共通の友人が部屋を用意してやったからである。二組がそれぞれ別室へ向かうとき、四人は真っ暗闇に襲われて、女のほうが闇を怖がって騒ぎまわり、それぞれの男から離れ離れになる。それに乗じて屋敷の主人は、女を暴力的に捕まえて入れ替えてしまう。こうしてもとのパートナーとは異なる、「交換」された二組のカップルが誕生する。この二組はそれぞれその事実を知らないまま真っ暗な部屋で、「これっぽっちもかかわりのない相手と愛の交わり」を成し遂げる。もともと無関係の相手と半ば強制的な関係をもつこの四人にも、キューバ島の歴史が含意されているように読める。白人、黒人、東洋人、そしてさまざまな混血が強制的に共存させられたのがキューバの成り立ちだとすれば、この短篇に出てくる四人の経験――知らず知らずのうちに無関係の相手と深い関係をもつ経験――がそれと重なってくる。

苦痛を快楽として

これらの短篇や詩がまとまっておさめられた本は、キューバ文壇の主要な批評家であるシンティオ・ビティエルから『オリーヘネス』誌上で痛烈な批判を浴びせられた。ピニェーラの作品では登場人物が何か特定の階層に組み入れられることがない。空っぽの舞台で演じられる劇は有機的な世界を構築することもない。「悪趣味」であり「空虚」である。感傷や同情とは無縁の素っ気ない世界である。何かが生み出されるような混沌とした世界でもなければ、絶望の世界ですらない。ピニェーラの世界がキューバ人の精神的現実を映し出す鏡であるわけがなく、仮に読者がいるとしても、その読者にもたらされるのは当惑の種だけである、と。[11]

このビティエルの読みは確かにピニェーラの特徴を見事に言い当てている。しかし筆者の見るところ、ピニェーラとビティエルでは「キューバ」をどう把握するのか、その立ち位置に根本的な違いがある。ビティエルは、ピニェーラの物語をキューバ（あるいはアンティール）にまつわる「悲劇」、悲観的ヴィジョンとして読んでいる。ビティエルがピニェーラを批判するのは、ピニェーラがキューバを「本来的」に何かが欠損した状態であると見なしている（と読みとった）からだ。ビティエルにとっては、キューバはいまは何かが足りないかもしれないが、いつか将来には必ず完全な状態になり、いまはその途上でなければならない。このような観方は、世界を常に前進し、上昇する線として把握する目的論的な把握の仕方であり、ビティエルがキリスト教的世界観を信じていたことを踏まえればよりわかりやすくなるだろう（人間中心主義）。一方ピニェーラにとってキューバは、いまの状態こそが「本来的」なあり方だった。先に引用したように、キューバは「取るに足りない小人」なのだ。永遠において時間は流れない。出来事は起きない。そのままである。

ビティエルの世界観を実現した作家は、たとえばアレッホ・カルペンティエルである。彼は自己を再発見するため、河をさかのぼるモチーフを使ったり（『失われた足跡』）、劇性を備え、最終的には調和した物語構造の、均整のとれた建築物（あるいは交響曲）のような小説を書いた（『追跡』）。レサマ＝リマの詩学にもこうした傾向は認められる。このようなビティエルの世界観の系譜をさかのぼると、レサマ＝リマやカルペンティエルのさらに前、キューバ独立戦争で戦死した、詩人でもありジャーナリストでもあるホセ・マルティが浮かび上がってくる。[12]

---

[11] Vitier, Cintio, "Virgilio Piñera: Poesía y Prosa, La Habana, 1944", *Orígenes*, abril, 1945, pp.47-50.

[12] カルペンティエルとホセ・マルティのつながりについては、たとえば柳原孝敦『ラテンアメリカ主義のレトリック』、エディマン、二〇〇七年、一三一一七頁。あるいは Rojas, Rafael, *Isla sin fin*, Universal, Miami, 1998, pp.108-111. を参照。また、ピニェーラがホセ・マルティをどう読んでいたかについては、マルティの小説『不運な友情（*Amistad funesta*）』を論じたピニェーラの文章が参考になるが、この点については別の機会に扱いたい。Piñera, Virgilio, "La *Amisatad Funesta*", *Poesía y crítica*, Consejo Nacional para la Cultura y las Artes, México, D.F., 1994, pp.235-242.

一方、ピニェーラの世界観は下降線、しかも垂直に落ちて、砕け散って終わるものだった。彼は作品を閉じた構造物として完成させるというよりは、外化していくように設計している。ひとつの構造体としてまとまりのある秩序を形成するのではなく、瓦礫の点在のような、それぞれが他者性を剝き出しにして、開かれたまま終わっている。[13]

だが、それは必ずしも悲観的ヴィジョンではない。「落下」の分析で見たように、人は「足場を失ったり」したときにこそ「生」が起動している。それに加えて「落下」はその結末部で、各部位が地面にばらばらに散らばったところで終わっているが、この終わり方は悲しい結末としては提示されていない。もともと自分の眼を失うのではないかと気がかりだった「ぼく」の両眼は傷一つなく地面に着地している。そしてその眼はパートナーのグレーのきれいな顎鬚を周囲に探し出し、それを発見する。パートナーの髭は緑の芝生の上に、「まばゆいまでに輝いて」いた。この輝きを確かめているのは間違いなく「ぼく」の眼なのだ。結局、お互い救われたのだ。「ぼく」は少しも苦痛を感じていないし、不平も不満もない。このときの「ぼく」と「パートナー」には「落下」という物語の達成感すらある。登山の達成感ではなく、墜落の達成感が歓びとともに、あるいは快楽とともに受け入れられているのだ。

やはり一九四四年に書かれた短篇「肉（*La carne*）」もまた、突拍子もない事態を苦痛ではなく快楽として受け止める人びとの物語である。

ある村が食糧不足に陥った。このままでは餓死も覚悟しなければならない。この危機的な事態を前にして村民はどのように生き延びるのか。ピニェーラの提示する方法は簡単である。自分の肉を食べるだけでよい。尻の肉、胸の肉、指、足、内臓などを食べてゆくだけで、人は生きてゆける。

［アンサルド氏は］落ち着きはらってキッチンの大きな包丁を研ぎにかかった。研ぎ終わるとすぐに、穿いていたズボンを膝までおろし、左の尻からひれ肉を一枚きれいに切り落とした。水で洗って塩とヴィネガーで下味をつけ、いわゆる火を通すというのをやってから、日曜日にオムレツをつくるための大きなフライパンに油を引いて焼き上げた。そしてテーブルについて、自分の見事な肉を頬張った。

このアンサルド氏の方法を村中が倣って人びとは食糧危機を乗り越える。こういった食糧にまつわる危機的状況は、二十世紀前半期のキューバの社会状況を映し出しているのかもしれない。カニバリ

［13］ラファエル・ロハスによれば、ピニェーラの系譜をキューバ文学でさかのぼると、十九世紀の詩人フリアン・デル・カサルがいる（Rojas, Rafael, *Isla sin fin*, Universal, 1998, pp.108-111.）。この詩人の詩には"Nihilismo"と題される詩があり、本書第二章で述べるピニェーラの「無」とかかわりがあると考えられるが、この点については別稿で改めて扱いたい。

ズムは、元は植民者が貼り付けた被植民者に対する恐怖や野蛮の記号のレッテルだったが、ブラジルのモダニストはそれを書き換えて、自分より強いものの肉を食べて自らを強く、豊かにするメッセージとした（「食人宣言」）。ピニェーラの場合、食べる肉は自分のものである。自分を食べていけば、当然の帰結として、自分は次第に小さくなっていき、最終的には存在しなくなる。ここには次章でみる「無」への志向が確認できる。

ただこの物語にしても、想像できぬ事態が起きてはじめて村人の生の細部がはじまっている。自分の肉を食べることによって起きる事態が悲喜こもごもとしたさまざまなドラマを生み出し、村に活気を与えるのだ。餓死という生命の足場を奪われてはじめて人は細部を生きる。そこにこそ生のすべてが込められている。

精神的であれ肉体的であれ、致命的な瞬間を苦痛と見なすのがひとつの常識だとすれば、ピニェーラはそうは捉えない。たとえば人に理解されないという精神的苦痛は、この先に理解されるかもしれないという広大な希望を手にすると考えれば未来への快楽に変わる。理解者が現時点でわずかしかいないとき、それはつまりこれから先に膨大な数の理解者が現れる可能性を手にすることを意味する。現在の苦痛、痛みの瞬間が未来への歓び、そして快楽に生まれ変わる。そういう世界を描き出しているのがピニェーラだ。

第二章

ブエノスアイレスのビルヒリオ・ピニェーラ

ビルヒリオ・ピニェーラは一九四〇年代から短篇を書きはじめ、そのいくつかをまとめて自費出版で本にした。しかし多くの人びとの目に触れることはなく、批評家シンティオ・ビティエルが「悪趣味」、「空虚」と評したように、自分の文学観を理解してくれるような環境はなかった。当時のキューバの文学を牽引していたのは、ピニェーラと同世代のレサマ＝リマだった。

一九四四年、レサマ＝リマは文芸誌『ナディエ・パレシーア（*Nadie Parecia*）』の廃刊とともに、序章で触れたように、ホセ・ロドリゲス＝フェオと文芸誌『オリーヘネス』を刊行しはじめた。この雑誌は一九五六年まで続き、二十世紀のキューバ文化史上もっとも重要な雑誌のひとつと見なされるとともに、ラテンアメリカのモダニズム雑誌としては『スール（*Sur*）』と並ぶ記念碑的な文献である。ピニェーラは一九四九年までカフカ論や詩、戯曲をこの雑誌に寄稿していたものの、短篇だけは載らなかった。この選択には『オリーヘネス』の美学があらわれているとみなければなるまい。

ピニェーラと『オリーヘネス』とのかかわり（のなさ）を端的に示す事実は一九四六年、彼がキューバを離れたことだ。奨学金を得てアルゼンチンの首都ブエノスアイレスに渡り、そのまま一時帰国を挟みながら、五八年までブエノスアイレスに居を定めていた。滞在期間を考えると、まるで『オリーヘネス』から逃げるかのようにして、あるいは『オリーヘネス』から追い出されるようにして国を出ている。

ボルヘス、ゴンブローヴィッチとの出会い、『フェルディドゥルケ』翻訳

庇護を求めてピニェーラは一九四六年二月二十四日（独裁者ともポピュリストとも言えるファン・ドミンゴ・ペロンが一度目の大統領に当選したその日）、ブエノスアイレスにたどり着いた。当時のブエノスアイレスでは一九三一年に『スール』を創刊したビクトリア・オカンポを中心として、ボルヘスやビオイ＝カサレスらが作家としても量産期にあり、若手の発掘にも熱心だった。ビオイ＝カサレスの『モレルの発明』が一九四〇年、ボルヘスの『伝奇集』は一九四四年、『エル・アレフ』が出たのは

一九四九年のことである。

　じっさい、ブエノスアイレスに着いて早々、ピニェーラはボルヘスに見出され、彼の編集する文芸誌に短篇が載っている。ボルヘスにはアルゼンチン文学に関する講演も依頼され、ビオイ＝カサレスと編んだ『ボルヘス怪奇譚集（*Cuentos breves y extraordinarios*）』にも短篇が収められている。したがって、ブエノスアイレスではハバナと違ったもてなしを受けた。

　ボルヘスらとの付き合いとは別にピニェーラは、同じ年齢で神秘主義研究家のアドルフォ・デ・オビエタを介してポーランド作家のヴィトルド・ゴンブローヴィッチに紹介される。ゴンブローヴィッチはブエノスアイレスに外遊中の一九三九年、ナチスがポーランドに侵攻し、帰国できないままブエノスアイレスに居着いていた。長篇『フェルディドゥルケ』をポーランドで出版したばかりだったが（一九三七年刊行、奥付は一九三八年）、もちろんスペイン語版があるわけがなく、ブエノスアイレスの知識人層に作家として認められるべくスペイン語に翻訳している真っ最中だった。その時に意気投合した相手がピニェーラだった。二人とも同じ誕生日（八月四日）であることはすぐに確かめ合っただろう。

　四六年秋、『フェルディドゥルケ』の一部が翻訳者のクレジットなしで、つまりゴンブローヴィッチがスペイン語で書いたものとして『オリーヘネス』に掲載されている。掲載時期から考えるとピニェーラが仲介していたことは十分考えられる。

　とりたててやることもなかったピニェーラはゴンブローヴィッチの依頼で、十数人からなる「『フエルディドゥルケ』翻訳委員会」の「委員長」の任務を引き受けた。ピニェーラがポーランド語を知っていたわけもなく、ポーランド語―スペイン語の辞書もなく、作業はゴンブローヴィッチが自分でスペイン語に訳したものを、カフェに集まってスペイン語話者たちがフランス語などを介して検討していくという方法がとられた。

こうしてピニェーラがブエノスアイレスを訪れて一年二カ月が過ぎた一九四七年四月二十六日、『フェルディドゥルケ』がアルゴス社から出版された。ゴンブローヴィッチがスペイン語版のための序文を書き、「委員長」ピニェーラは本の折り返しに推薦文を寄せている。ピニェーラはさらに「翻訳についてのメモ」と題された前書きも起草している。

このスペイン語版は翻訳としてできのいいものではなかったが、その後、アルゼンチンのスダメリカーナ社が作家エルネスト・サバトの序文を付して刊行し、二十一世紀に入ってからはスペインのセイクス・バラル社によって〈ゴンブローヴィッチ叢書〉に収められ、彼の他の小説とともにスペイン語圏で広く読まれることになる。

ピニェーラは一九四〇年代前半、エメ・セゼールの翻訳のほか、短いものとはいえヴァレリーの翻訳も手がけている。『フェルディドゥルケ』以降にも、ダヌンツィオ論やポー論といった文学論も翻訳し、キューバに戻ってからの六〇年代はサルトルやプルースト、ランボー、ブルーノ・シュルツ、イムレ・マダッチ、アフリカやベトナムの詩人も翻訳している。革命後は知識人の任務として押しつけられた仕事ではあったかもしれないが、翻訳は彼の仕事の重要な部分を占めていた。

ラテンアメリカにおけるモダニズム文学と翻訳

「フィクション作家」ピニェーラがかかわった『フェルディドゥルケ』の翻訳を、ラテンアメリカにおけるモダニズム文学の受容という観点から見てみれば、必ずしも珍しい例ではない。欧米のモダニズム文学の代表的な作品は、ラテンアメリカではフィクション作家によってスペイン語に翻訳されているからだ。

翻訳者としていちばん有名なのはボルヘスである。彼の手でカフカ（『変身』）、ヴァージニア・ウルフ（『オーランドー』、『自分だけの部屋』）、そしてフォークナー（『野性の棕櫚』）、メルヴィル（『書記バートルビー』）が翻訳されている。

フォークナーについてはボルヘスよりもキューバの作家リノ・ノバス・カルボが翻訳・紹介につとめたことがよく知られている（『サンクチュアリ』）。ノバス・カルボはこれ以外に、オルダス・ハックスリー（『恋愛対位法』）、バルザック、D・H・ロレンスも翻訳している。

コンラッドの『闇の奥』を翻訳したのはメキシコの作家セルヒオ・ピトルである。ピトルはポーランド語も操るので、その後、ゴンブローヴィッチの主だった作品の翻訳者として名前を連ねている（『日記』など）。フリオ・コルタサルはエドガー・アラン・ポーやチェスタトン、アンドレ・ジイドを翻訳し、現在ポー作品のスペイン語版と言えば、コルタサルの翻訳によるものが最も有名だ。オクタビオ・パスはフェルナンド・ペソアの翻訳を手掛けている。ジョイスの『ダブリン市民』を翻訳したのはキューバの作家ギジェルモ・カブレラ＝インファンテである。[1]
これだけの事例が挙がるとなれば、ラテンアメリカではモダニズム文学の翻訳が作家たちの手によって相当積極的に行われたと見てよいだろう。この流れはコロンビアの現代作家エクトル・アバッド・ファシオリンセがエーコやカルヴィーノなど現代イタリア文学の翻訳者・紹介者としても知られ、その功績が常に参照されているところにたとえば引き継がれてはいるが、二十世紀前半期の活況はない。
改めてピニェーラの『フェルディドゥルケ』翻訳に注目すれば、生の作品を目の前にしながら、実作者と議論したというプロセスは極めて稀有な例であるに違いない。また、ラテンアメリカで紹介されたモダニズム文学が欧米の主要言語で書かれた作品がほとんどであるなかで、周縁言語であるポーランド語作品の翻訳にこうまで直接かかわった類例はピニェーラの他に見当たらない。
他人の、自分のよく知らない言語を翻訳する行為。とりわけモダニズム文学のような言語実験が試みられた作品の翻訳は、言語や文学をめぐるさまざまな問題を提起しているだろう。この作業の重みについては、アルゼンチンの批評家・作家のリカルド・ピグリアが以下のように説明している。[2]
ボルヘスが英語との接触、翻訳によって独特の文体を編み出して、幾多の模倣的な作家が生まれたように、アルゼンチンの文学は母語とずれた関係をもった作家たちによる、一種の翻訳文体によって鍛えられてきた。『フェルディドゥルケ』のスペイン語版はそのなかで、ゴンブローヴィッチよりも先行するロベルト・アルルトや同時代のマセドニオ・フェルナンデスといった作家たちと通底し、彼らとのつながりのなかに置くことのできる重要な小説である。アルゼンチンで書かれ、アルゼンチンを舞台にしたゴンブローヴィッチの小説『トランス=アトランティック』（ゴンブローヴィッチはこの小説の翻訳はしなかったが）もまたアルゼンチンの文学として確かに読まれる。したがって、アルゼンチン文学というのは下手に翻訳されたポーランドの小説のことでもあった、と。

となれば、ピニェーラの立ち会った翻訳作業は、ゴンブローヴィッチとの友情から生まれたパーソナルな武勇伝でありつつ、またアルゼンチン文学、翻訳文学史上に記されるべきひとつの貢献でもあるだろう。

二つの文芸誌『ビクトローラ』、『シクロン』をめぐって

ブエノスアイレスでピニェーラは二つの文芸誌の刊行にかかわった。ひとつは『ビクトローラ

［1］カミュの『異邦人』の翻訳者として知られるアルゼンチンのボニファシオ・デル・カリル（Bonifacio del Carril, 1911-94）は、経歴を調べる限り、外交官をつとめた文人政治家である。『異邦人』のスペイン語版は一九四九年にエメセ社から出ている。また、プルーストの『失われた時を求めて』の翻訳を最初に手掛けたのはスペインの詩人ペドロ・サリーナス（Pedro Salinas）である。

［2］リカルド・ピグリア「アルゼンチン小説は存在するのか？」、ヴィトルド・ゴンブローヴィッチ『トランス=アトランティック』、国書刊行会、二〇〇四年、二七二―二八四頁。

(*Victrola*)』(図版1『*Victrola*』表紙)、もうひとつは『シクロン(*Ciclón*)』(図版2『*Ciclón*』一号表紙)である。

『ビクトローラ』は一九四七年夏、ゴンブローヴィッチが出した『アウローラ(*Aurora*)』という一号雑誌の後を追って出したもので、判型や体裁もゴンブローヴィッチ版と同じ、四ページのパンフレットである。ゴンブローヴィッチの目的はヨーロッパ・コンプレックスにとりつかれたアルゼンチン文壇をこきおろす内容のものだったが、ピニェーラもそれを追いかけたもので、良く言えば姉妹雑誌、悪く言えば二番煎じである。[3]

たとえば、英語の動詞の活用表を使って、アルゼンチン文壇(とりわけビクトリア・オカンポ)のヨーロッパかぶれが以下のようにばかばかしく扱われる。

図版1　『*Victrola*』表紙

図版2　『*Ciclón*』一号表紙

基礎英語

第一活用表

現在形（一九四七年）

私はジョイスです　　私たちはヴァレリーです
あなたはプルーストです　　あなたたちはカフカです
彼はエリオットです　　彼らはリルケです[4]

雑誌全体はブエノスアイレスの文壇の女族長ビクトリア・オカンポの「ひとり語り」をイメージしたもので、雑誌タイトルもビクトリアを揶揄して蓄音機メーカー名からとられている。このパンフレットはゴンブローヴィッチ版と同じく一号雑誌に終わった。

---

[3] ゴンブローヴィッチのアルゼンチン時代、とりわけ『アウローラ』の意義については、西成彦「越境するダダイスト―― Witold Gombrowicz (1904–1969)」、モダニズム研究会編『モダニズム研究』、思潮社、一九九四年、三二九–三四四頁を参照。

[4]『アウローラ』、『ビクトローラ』ともに原本は未入手だが、ともにアルゼンチンの文化紙『ディアリオ・デ・ポエシーア（*Diario de Poesía*）』に一九九九年、翻刻掲載された。

ゴンブローヴィッチの『アウローラ』の目論見はひとえにボルヘスらを中心とするコスモポリタニズム的アルゼンチン文壇の価値を下げ、アルゼンチンの若い文学者たちの手で若々しいラテンアメリカ文学の立ち上げを企図するようアジテートすることだった。そのとき彼のキーワードになったのが「未成熟」であり、それを武器にヨーロッパを破壊せよ、と若者を鼓舞した。「未成熟」というのはゴンブローヴィッチにとっては混沌とした大きな力であり、それをもってすれば大人の世界、出来上がった世界を壊すことができる[5]。

以上のような目論見で行動していたゴンブローヴィッチの身近なところにいたピニェーラが『フェルディドゥルケ』の翻訳のみならず、パンフレット雑誌の後追い刊行まで行動をともにしている。となると、この時期の彼がゴンブローヴィッチを、スペイン語で模倣しながら――とはいえ「未成熟」をめぐってゴンブローヴィッチとどこまで通じ合ったのかはわからないが――、自身のアメリカニズムを深化させていったことは間違いないだろう。確かにパンフレットは一号で終わったが、ブエノスアイレスの滞在は引き延ばし、数年後、より大きな文芸誌の立ち上げに参画するからである。

一九五五年一月、ハバナで文芸誌『シクロン』が誕生した。編集長はホセ・ロドリゲス＝フェオである。序章で書いたように、この人物はレサマ＝リマと『オリーヘネス』を主宰していたが、編集方針で揉め、一九五四年以降、レサマ＝リマ編集とは異なる、ロドリゲス＝フェオ編集による『オリーヘネス』を出していた。つまり一時期、『オリーヘネス』は異なるヴァージョンが同時に出ていた。そのロドリゲス＝フェオが『オリーヘネス』を廃刊にして、ピニェーラの全面協力のもとに刊行したのが『シクロン』だった。この文芸誌は五五年から五九年まで刊行された[6]。ピニェーラはこの雑誌の刊行中、ロドリゲス＝フェオの資金でブエノスアイレスに滞在し、ゴンブローヴィッチやボルヘスなど、ブエノスアイレス人脈を生かした原稿を入手し、実質的な編集に携わっていた。この雑誌こそ、アンチ・アルゼンチン文壇として出した先の『ビクトローラ』の企図を受け継いで、今度はアンチ・キューバ文壇を明確にし、同性愛に対する過剰な擁護など、キューバのブルジョア・エリートのカトリック的偽善に対する叛乱として目論まれたものだった[7]。第一号の目次を見るとスペインの作家フランシスコ・アヤラの名前がある[8]。アヤラはスペイン内戦

[5] 米川和夫「世界文学版訳者解説」、ヴィトルド・ゴンブローヴィッチ『フェルディドゥルケ』平凡社ライブラリー、二〇〇四年、四八九-五〇二頁を参照。

[6] 五五年〜五六年は隔月刊、五七年は二号のみ、五八年は刊行がなく、五九年（革命政権が樹立した年）に一号のみ（合計十五号）。

[7] 道徳的叛乱をもっとも鮮烈に示したのが、「バジャガス、その人」という、キューバの詩人エミリオ・バジャガスの死の直後に書かれた追悼文である。この文章でピニェーラはバジャガスが同性愛者であったことを重要視し、同性愛文学として彼の詩の読解を示した。“Ballagas en persona”, *Ciclón*, núm.5, septiembre de 1955, pp.41-50.

[8] アヤラも翻訳者だった。トーマス・マン、リルケ、モラヴィアなどを翻訳している。

をきっかけにスペインを去り、ブエノスアイレスに亡命して四〇年代を過ごしていた。ここに掲載された彼の短篇「最後の晩餐」は、ナチス（強制収容所）を逃れて、キューバ、アルゼンチンと亡命生活を送ったユダヤ人老婆が夫の事業を展開するためにニューヨークに渡り、偶然ヨーロッパ時代の旧友と再会する話である。ヨーロッパの恐怖を逃れたヨーロッパ人がアメリカに楽園のようなものを見出しうるか否かを問う物語になっている。

この『シクロン』に、ピニェーラのアメリカニズムをよく示すと考えられる文章が掲載されている。題して「キューバと文学」という、もとは講演原稿である。ここにあらわれた彼の考えを見ながら、彼が提起したアメリカニズムを補完しておきたい。

この講演でピニェーラは、「キューバ文学」という実体が存在するのかどうか疑問を呈する。

確固たる栄光に輝いた先人［キューバ作家たち］の名前が刻まれた金貨もなければ、彼らが普遍的な名声を得たという噂も聞いたことがない。［にもかかわらず］教科書に書かれているとおり、そしてその教科書は少しも間違っていないのだが、ぼくたちには十七世紀から作家がいる。文学運動もあったし、世代もあったし、出版物、その他あれこれあった。教科書のページを追えば、十八世紀には何某という詩人や何某という小説家がいたことが確認される。十九世紀になるとキューバ人は哲学の分野に侵入し、二十世紀には詩人が次々に誕生した。小説家や短篇作家の人数も増え、戯曲がたくさん書かれた。そして実際のところ、教科書は嘘をついているわけではない。当たり前の真実が書かれて

いる。その何某という詩人は本当にいた。何とかという作品と何とかという作品を残し、某年某日に亡くなったのである……[9]

この部分は、「キューバ文学」といったものの実体が依然として存在していないように見えるにもかかわらず、批評家やジャーナリストによってヨーロッパにあるような「国民文学」があたかも昔から存在するかのような幻想への不満である。ヨーロッパ的な教養を身につけ、ヨーロッパとの連続性を意識する教員や批評家、あるいはジャーナリストが大学で「キューバ文学史」といった講座を当たり前のように開き、次々に雑誌や新聞で文学批評や文学辞典を出版している。文学辞典や教科書かあれば「キューバ文学」は存在するのか？

このことはキューバのみならずラテンアメリカ、あるいは植民地の歴史をもつ国々にはどこでも共通することだろう。宗主国と距離が近いところは制度だけはしっかり整っているものである。見栄えだけは宗主国と変わらない。ボゴタとマドリード、ハバナとマドリードが変わらぬ建築様式で建てられた変わらぬ建築物をもっているのと同じことである。この時期のラテンアメリカ諸国における「国民文学」については、ピニェーラと同じように、その実体の空虚性を突く文章がほかにもある。たと

［9］Piñera, Virgilio, "Cuba y literatura", *Ciclón* 1, núm.2. marzo de 1955, pp.51-55.

えばガルシア＝マルケスは一九六〇年に「コロンビア文学」の「詐欺性」について文章を残している[10]。

ではピニェーラはキューバ文学はどうあるべきと説くのか。

そこでぼくは思ったのだが、度を越して何も無いほうが、少しだけ何も無いよりはましなのではなかろうか。文化や伝統、豊穣や情熱の衝突、存在の矛盾などを通じて無に到達したとすれば、それらを丸ごと通過した時の巨大な汚れは消せないがゆえに、力強い、生きているという感覚が生まれるはずである。無から生じるその無こそは、町を暖める無太陽、無出来事、無騒音、無歴史などのように具体的な形をとっており、その無はぼくたちをたちまち牧場の雌牛、道端の木、壁に這う蜥蜴のところに連れていってくれるのだ……[11]

ピニェーラは度を越した無をすすめている。その度を越した無に至るには、文化や伝統、豊穣、情熱の衝突、存在の矛盾などをすべて通過する必要があるのだが、これらはすなわちヨーロッパ文化のことだろう。文化や伝統などを、それぞれ具体的に当てはめれば、古典主義、バロック、ロマン主義、実存主義となる。ピニェーラによれば、そうしたヨーロッパの経験をへたその先に無に到達することができる。コスモポリタニズムかアメリカニズムかで迷うような半端な姿勢ではなくて、コスモポリタニズムをすべて通り過ぎることがアメリカニズムであり、そのあとに出てくる無の感覚をたたえる。したがって度を越したこの「無」とは、ヨーロッパ性という「生」がすべて燃え尽きたあとの灰のようなものかもしれない。前章で述べた「落下」での、砕け散っていくあの断片のイメージを思い出しておきたい。この無こそ生を躍動させるものなのだ。

ピニェーラのなかでキューバにはヨーロッパ文化がアーカイヴのように固定した形でとどまっていない。ピニェーラの場合、むしろヨーロッパ文化の灰が散り散りに、粉塵のように散らばっている風景がキューバである。無太陽（太陽が陽を差さない）、無出来事（出来事がない）、無騒音（音がない）、無歴史（歴史がない）といった造語は死の世界の謂いだろう。キューバはヨーロッパの墓場なのだ。

［10］García Márquez, Gabriel, "La literatura colombiana, un fraude a la nación", *De Europa y América (Obra Periodística 3)*, Mondadori, Barcelona, 1992, pp.662-667.
参考までにガルシア゠マルケスの文章を引いておく。ピニェーラとの相似性を確認されたい。
「いちばん迂闊な批評家ですらも、第一回ブックフェアに参加した［コロンビアの］作家のうち、だれひとりとして普遍的なレベルに達していないことに気づくはずだ。（中略）［にもかかわらず］コロンビア文学史は幾度も書かれてきた。生きている作家、あるいは死んでしまった作家について、しかもあらゆる時代の作家について、数多くの批評的論考が書かれてきた。」

［11］Piñera, "Cuba y literatura", pp.52-53.

ヨーロッパの墓場であるキューバで、キューバ人はただモノであるだけだ。雄牛や道端の木や壁を這う蜥蜴と並べられたキューバ人というモノは集まって全体を構成したりはしない。生物学的分類も大きさも形状も異なる存在で、モノとしてひとつひとつがすでに全体であり、それらを足していっても大きな全体を作ることはない。

この風景（殺風景）がピニェーラの見たキューバだった。

終わりに

伝統的な性の規範に対する挑戦、カニバリズムの書き換え、歴史の複数性——たとえばこれらがポスト植民地社会で噴出する問題群だとすれば、それを主題化したピニェーラの作品がキューバ知識人層から拒否反応を受けたことは、キューバの知識層がポスト植民地社会にありながらも植民地社会との連続性を墨守しているその旧弊さを証明すると言えるし、本当は彼らも気づいているかもしれない問題をピニェーラがキューバでいち早く表面化させたことへのいら立ちのあらわれかもしれない。

文化の強力な磁場としてのハバナに重々しい雑誌『オリーヘネス』が誕生することで、ひとりの作家が軽々とハバナを飛び出し、その行き先としてブエノスアイレスが選ばれる。ヨーロッパに限りなく近い、だがヨーロッパではない都市に住み、ヨーロッパ人でありながらも周縁国ポーランドの作家の一歩後ろにいる。その彼の作品を翻訳する、さらには雑誌を後追いするという擬似的な行動を通じて、ピニェーラはヨーロッパのアヴァンギャルドを戯画化していった。したがってピニェーラのブエノスアイレスへの移動は、ヨーロッパを「擬似的」に体験するというずれをともなうものだったと言える。

ブエノスアイレスを行き先に選んだ時点でそもそもピニェーラにヨーロッパ的空間を立ち上げようとする企図はなかったが、ゴンブローヴィッチと出会い、彼を追いかけることによって、その選択の正しさを確認していったはずである。このピニェーラの擬似的なアヴァンギャルド体験は、先行するラテンアメリカ作家のトランスアトランティックな軌跡とは異なっている。ヨーロッパの墓場というイメージは、ヨーロッパ性が過剰に演出され、過去が現在をおびやかさないブエノスアイレスという場所での体験が生かされているだろう。

ブエノスアイレスとハバナを往復することによって生まれた『シクロン』はそのタイトルの意味がもつダイナミズムからも、ピニェーラのアメリカニズムが生成されていったその現場となっている。

一九五八年、ピニェーラはブエノスアイレス滞在を切り上げてハバナに帰国し、革命政権の樹立を目の当たりにした。彼の立ち上げた叛乱もまたこれとともに終わった。とはいえ、ピニェーラの作品と軌跡はキューバ文化史にその名を残すだけの価値ある遺産なのである。

第三章

革命とゴキブリ

――作家レイナルド・アレナス前夜

革命から生まれた作家、レイナルド・アレナス

『夜になるまえに（*Autes que anochezca*）』に収められたアレナスの遺書「別れの手紙」は、彼の生涯を象徴している。この書簡のなかで彼は、キューバの自由のためにわずかでも貢献できたことに満足しつつ、これ以上闘いつづけることができないため自分の人生に終止符を打つと述べている。そして、彼の自殺に責任を負う者はただ一人、フィデル・カストロだけだと断言して、自由のために闘い

つづけるようキューバ人を勇気づけ別れを告げる。

キューバ革命に抵抗しようと命を懸けた、〈反抗する作家〉レイナルド・アレナスの戦闘的なイメージを凝縮した文章である。さかのぼってみれば、はじめて文学賞に応募した『夜明け前のセレスティーノ（*Celestino antes del alba*）』からすでに現実逃避的な作品を書く作家と見なされて、第二作『めくるめく世界』は出版すらされなかった。国内での出版の可能性を失ったあとは、逮捕、投獄、亡命など、レイナルド・アレナスの人生は、ほとんどが革命体制と対立するものだった。

しかし、アレナスが作家としてデビューした経緯をたどり、『夜明け前のセレスティーノ』以前に発表した短篇を読むと、そこには〈反体制作家〉アレナスではなく、むしろキューバ革命の申し子とでも表現したくなる作家が浮かび上がってくる。

革命以前、アレナスが育ったオルギンのある旧オリエンテ州の農村生活は貧しく、電気はおろか食べ物もない有様だった。もし革命が起きなければ、アレナスのように農村に生まれた子供は、都会を知ることもなく生涯を農民として過ごし、文学とはおよそ無縁の生活を送るのが普通だったに違いない。そのような社会を変えたのがキューバ革命だった。島のすみずみまで教育・文化を行き渡らせるのが革命の理念のひとつだった。そのため山村にまで教師を派遣し、識字教育を徹底的に実施している[1]。アレナスもそのような革命の恩恵をこうむったひとりだった。彼は農業会計士になるための奨学金をもらい、首都ハバナに出て勉強する機会を得た。間違いなくキューバ革命あってこそのことである。そのころを振り返ってアレナスは次のように語っている。

当時、ぼくは革命の一部だった。失うものは何もなかった。そしてそのときには、手に入れるべきものがたくさんあるように思えた。勉強し、オルギンの家を出て、新しい人生を始めることができた。[2]

大都市ハバナで生活をはじめたアレナスは、国立農地改革局で働くかたわら、ハバナ大学にも籍を置いていた。ほどなく、彼はホセ・マルティ国立図書館で催された朗読コンクールで自分が書いた短篇「空っぽの靴」を朗読して注目された。コンクールが開催されるに至った経緯は不明だが、これもまた若い才能を早くに見出し、相応しい教育を授け適切な職に就かせるという革命政権の政策のひとつだったに違いない。

このコンクールのあとアレナスは国立図書館に職を得て、好きなだけ読書ができるという作家の卵

［1］L・ヒューバーマン、P・M・スウィージー『キューバ』（池上幹徳訳）岩波書店、一九七二年、一五九–一六八頁。および、Thomas, Hugh, *Cuba or The Pursuit of Freedom*, Da Capo Press, New York, 1998, pp.1339-42.

［2］Arenas, Reinaldo, *Antes que anochezca*, Tusquets, Barcelona, 1994, p.70. 以下、この作品からの引用は、安藤哲行訳『夜になるまえに』国書刊行会、一九九七年に従った。

としては申し分のない環境に身を置くことになる。そしてちょうどこのころ、アレナスは三つの短篇を書いている。それらは、革命後のキューバで最も有名な文芸誌『同盟（*Unión*）』（一九六五年第一号）に掲載された。これが作家アレナスのデビューである。この雑誌は、キューバ文学・芸術の方向性を決定すべく一九六一年に創設された作家芸術家協会（UNEAC）の機関誌である。この雑誌のスローガンは、「『革命』を守ることは『文化』を守ること」だった[3]。

本を一冊も出したことがない二十二歳の若者の手になる作品が『同盟』に載ったのは異例のことだった。これには、農村出身で文学を志すという彼の経歴が大きく作用したのだろう。デビュー作が掲載された号でアレナスは最も若い書き手であり、前後のバックナンバーを見てもこれほど若い作家の作品は載ったことがない。同号の寄稿者略歴には、農業の勉強をやめて文学を志したというアレナスの経歴が紹介されていて、革命が生んだ新進作家への期待がうかがえる。カブレラ＝インファンテは、アレナスがオリエンテという東部の農村出身だったことが作家芸術家協会に受け入れられる理由のひとつになったと理解している[4]。

彼が新進作家として『同盟』で紹介された背景には、彼の経歴ばかりでなく、作品の内容そのものも関わっていたのだろう。「虹の先」、「孤独」、「日没」と題されたこの連作短篇は、いずれも農村に暮らす少年の日常を描いている。冒頭の「虹の先」は、虹に向かって願い事をすれば叶うという言い伝えを祖母に教わった少年が、なんとかして虹のふもとまでたどりつこうと、山をのぼり丘を越える。だが無念にも到達できず家に戻ってきた少年が祖母になぐさめられて、次こそは、と誓うところで終わる。「孤独」はわずか一ページの作品で、家族がでかけて家にひとり残された少年が虫と遊ぶひとときを採り上げたものである。最後の「日没」は、叔母と一緒に日没を眺めに行ったときのことを回想する少年の独白から成っている。いずれの作品も、農村で暮らしたアレナスの自伝的な要素がかなり反映され[5]、無垢な少年と家族の関わりが美しい。アレナスによれば、この作品は、いずれ子供向けの本としてまとめるつもりだったという[6]。

これらの短篇は、キューバの農村生活を少年の視点から描いた牧歌的な作品として読むことができる。意図していたかどうかはわからないが、アレナスがとりあげた農村の生活は、革命が尊重する人びとの生活そのものだった。キューバ革命を成し遂げた反乱軍の兵士のほとんどは農民出身で、革命後の政策はまずなによりも農民の生活の向上を目指して進められていた。彼のデビュー作の素材は、革命の理念と共鳴しあっていたのである。

［3］*Unión*, núm.1, año 1 (1962). および、Instituto de Literatura y Lingüística de la Academia de Ciencias de Cuba, *Diccionario de la literatura cubana: Tomo 2*, Letras Cubanas, La Habana,1980, pp.1044-46.
［4］Cabrera Infante, Guillermo, *Mea Cuba*, Alfaguara, Madrid, 1999, p.121.
［5］Soto, Francisco, *Conversación con Reinaldo Arenas*, Betania, Madrid, 1990, p.39.
［6］*Conversación con Reinaldo Arenas*, p.38.

こうして『夜明け前のセレスティーノ』以前のアレナスをたどってみると、革命のなかから生まれ、新しい文学の担い手として期待されていたアレナス像が浮かび上がってくる。革命への疑念や反抗心を感じさせない一途な文学青年の姿である。このときの彼は、映画化されたセネル・パスの『狼と森と新しい人間』（邦題『苺とチョコレート』）に登場したダビドと似たところがある。革命を信じ、純粋な気持ちで小説を書き貯めていた地方出身のダビドと、革命の理念を疑うことはなく、むしろ革命によって文学の道を歩み出すことができたアレナスは、初々しさや素朴さなど多くの点で重なりあう。このようなアレナスのイメージは、私たちが知る〈反抗する作家〉としてのアレナスとはかなりへだたりがあるものと言えるだろう。

もっとも後にアレナスは、この三つの短篇がさして気に入っている作品ではないと告白し[7]、雑誌に発表して以来、これまで本に収録したことがない。彼は〈革命的な〉作品を封印したかったのだろうか。

ビルヒリオ・ピニェーラとの邂逅

革命の申し子のように登場したアレナスはしかし、時とともに革命の理念と対立することになる。これにはいくつかの理由が考えられる。

ひとつは、アレナスが同性愛者だったことが挙げられる。革命直後からはじまっていた同性愛者に対する取り締まりは、ちょうどアレナスが作家としてデビューした一九六五年頃からさらに激しくなっていた。[8] 後に創設される同性愛者の更正施設（UMAP）はまだなかったが、アレナスによれば、当時のキューバで同性愛者であることは、「(……)人間が体験しうる最大の災いの一つ」[9]だった。アレナスが自分の存在を脅かしかねない革命体制の方針に不安をおぼえたのは間違いないだろう。

そしてもうひとつは、革命の文化政策の方向性である。革命から二年後の一九六一年、キューバ国内の知識人にとっては、国際的な波紋を呼んだ一九七一年のパディーリャ事件に勝るとも劣らない重大な事件があった。この年のはじめ、キューバはアメリカ合衆国と断交し、四月にカストロは社会主義革命を宣言した。二ケ月後の六月、カブレラ＝インファンテらが関わった映画（『*P.M.*』）の公開をめぐって、政府と知識人の間で議論が持ちあがり、国立図書館の大会議場で会議が催された。[10] このときカストロは、後に「知識人たちへの言葉」として知られるようになる演説を行ない、「革命の枠内に入っていればよく、反革命的なものは何も認められない」と、芸術上の表現の自由に踏み込みかね

［7］*Conversación con Reinaldo Arenas*, p.,38.
［8］キューバの同性愛者への迫害については、Lumsden, Ian, *Machos, Maricones and Gays: Cuba and Homosexuality*, Temple University Press, Philadelphia, 1996. も参照した。
［9］Arenas, *Antes que anochezca*, p.72.
［10］Cabrera Infante, Guillermo, *Vidas para leerlas*, Alfaguara, Madrid, 1998, pp.33-35.

ない微妙な発言をした[11]。アレナスより上の世代の作家の一部には、このときから革命体制と対立する姿勢をとりはじめる者たちがいた。

文化政策の方向性は、アレナスにとってひときわ重大だっただろう。というのも、先に見たように、アレナスは革命の文化政策によって育てられたも同然だったからだ。アレナス自身、革命が実施した識字運動を高く評価していた。しかし皮肉なことに、識字運動が目指していた方向は、結果的にはアレナスが期待していたのとまったく逆を向いていた。読めと言われるものを読むために、書けと言われるものを書くために識字運動が進められたかのようにアレナスの眼には映ったという[12]。農村に生まれた自分を作家にしてくれた環境が、実は自分を拘束するためのものであることがわかったとき、それを黙認することはできなかっただろう。アレナスはなんらかの方法で抵抗する道を探ろうとしたはずである。

アレナスが選んだ抵抗の道とは、書きたいものをただ書くということだった。そのうえ彼は、自らを抵抗のゴキブリにたとえた。アレナスによれば、光を嫌い逃げ回るゴキブリは、迫害の境遇を本来的に引き受け、迫害を生き延びる動物であり、ゴキブリは生き延びるために、明るい光のある世界を呪いながら暗闇に潜伏し、逃げ回り、隠れているのだった。地下に潜んで外界を呪うゴキブリのように生きること、ひたすら書きつづけることをアレナスは、最も反抗的な方法と見なしたのである[13]。

アレナスが迫害のなかをゴキブリとして生きるという発想を得たのは、彼の文学の師であり、同じく同性愛者だったビルヒリオ・ピニェーラの作品を通してだった。ピニェーラは、作品のなかで迫害をたくみに逃れる人物をくりかえし登場させている。アレナスはピニェーラの諸作品を読み、そこに通底する典型的な人物像をゴキブリと見なし、彼自身を重ね合わせたのである。

一九六三年ピニェーラは、『小演習』と題する長篇小説を発表した。この小説は、あらゆるものから逃げ回り、あらゆるものとの関わりを避けて生きる男セバスティアンが主人公の物語である。教師から召使、百科事典のセールスマンと次から次へ職を転々とする彼は、根拠のないどうしようもないまでの恐怖におびえ、おどおどしながら暮らしている。物語は臆病者の手記といった趣で、当時の作家自身の経験がモチーフになっているのは言うまでもないだろう。もっともピニェーラは時代設定をずらすなどして、あからさまな革命政権批判とは受け取られないように工夫している。さもなければ刊行されることはなかっただろう。

アレナスがピニェーラと知り合ったのは、この作品が発表されてしばらくのことである。二人の間

---

［11］ Castro, Fidel, *Palabras a los intelectuales*, Ediciones del Consejo Nacional de Cultura, La Habana, 1961, p.11.

［12］ レイナルド・アレナス「レイナルド・アレナスへのインタビュー（エンリコ・マリオ・サンティによる）」（旦敬介訳）『現代詩手帖』思潮社、一九八六年三月号、一九九頁。

［13］ Arenas, Reinaldo, "La isla en peso con todas sus cucarachas", *Nececidad de Libertad*, Kosmos-Editorial, México, D.F., 1986, pp.115-131.

に友情が生まれたのは、アレナスの『めくるめく世界』の草稿を読んで気に入ったピニェーラが、この作品を完成させるためにまさに手取り足取りアレナスを指導したことがきっかけだった。

面識を得たころのピニェーラもまさにゴキブリのような生活をしていた。表舞台から退いた六〇年代のピニェーラは、タイプライターだけのある海辺の家で書きつづけていた。近年刊行されたピニェーラの『全短篇集』をみると、ピニェーラが死ぬ直前までただひたすら書いていたことがわかる。アレナスは言う。「ビルヒリオは永遠の少数派、確固たる不服従者、不断の反逆者を体現していた」[14]と。

こうしてみると、革命体制との対立を余儀なくされたアレナスが、自らの生存の方法を模索したとき、ピニェーラという人と作品に出会い、彼とその登場人物をなぞるようにして自分をゴキブリにたとえたのは自然の成り行きではないだろうか。〈革命の申し子〉として生まれたアレナスが〈反抗する作家〉に変貌するには、ピニェーラ本人とその作品との出会いがなければ不可能だっただろう。

一九七九年十月、ピニェーラはこの世を去った。晩年ピニェーラは出国したいという希望をもちつづけていた。アレナスによれば、死の一週間前にもピニェーラは、出国の可能性を口にしていたという。だが、その夢は叶わずピニェーラは唐突に死んでしまう。アレナスは、心筋梗塞と説明された死因に疑いを抱き、この死が国家公安局の陰謀によってもたらされたものとの見方を示している。[15]はからずもアレナスに出国のチャンスが訪れたのは、それからわずか半年後の一九八〇年五月のことである。アレナスは大勢のキューバ人とともにマリエル港からキューバを去った。そのときアレナスは、死の直前まで国外に去る希望を捨てなかったピニェーラに思いを巡らせたに違いない。

［14］ Arenas, *Antes que anochezca*, p.294.
［15］ Arenas, "La isla en peso con todas sus cucarachas", pp.128-129.

第二部　革命と知識人たち

第四章

騒々しい過去と向き合うこと

——ラファエル・ロハス『安眠できぬ死者たち
—キューバ知識人の革命、離反、亡命—』をめぐって

はじめに

二〇〇六年七月、革命体制はフィデル・カストロ後の時代に入った。島がフィデル個人の手を離れたというこの事実を慶賀すべきこととして受け止めるのか、あるいは深刻な事態として憂慮するのか、政治的な立場によって顔色は異なるが、では感情を抜きにしてその先のことを考えるとしたらどうだろう。今後、何らかの方法で、島の内外にいるキューバ人を主体にいま一度共同体を構築すると

して、果たしてだれがその青写真を明確に描けているのだろうか。ひとしきり喜んだのち、あるいは悲しんだのち、結局、腕を組むのであれば、どちらの立場もともに、していること（あるいはしていないこと）に何の変わりもない。カストロ倒れるの報は、いままでに考えておいて当たり前だったはずのこの課題に答えを出すための最後のきっかけになるのだろうか。

間に合うかどうかは別にしても、その解答に至るプロセスで避けて通れない局面のひとつに、キューバ革命と知識人の関係がある。序章で述べたあの「パディーリャ事件」を想い起こすまでもなく、革命政権と知識人の間には、両者の力関係を鮮明に映し出す事件が幾度となく繰り返されてきた。いまやそれらの事件の主人公たちは姿を消しつつあるが、[1]その一方で革命から半世紀近くが過ぎる間、各事件の顛末を明るみに出す文献が世に出ている。そうした文献は折に触れて再版されたり、新たな資料が付け加わっての改訂版の刊行も進んでいる。おかげで革命に立ち会った知識人がかつてどのような行動をとっていたのか、かなり克明に知ることができるようになっている。

こうして続々と新しくなる過去＝「歴史」は、共同体の現在にとって、そして未来を考えるとき実に厄介な存在である。キューバに限らず、現在が拠って立つ場所でもある過去についての新しい解釈は、常にその共同体の存立基盤に揺さぶりをかけ、場合によっては論争の火種となる。その意味で、キューバ革命と知識人の関係は、カストロ以降の時代がすぐそこに近づけば近づくほど、ますます騒がしい問題のひとつとなっているのである。

ラファエル・ロハスは二〇〇六年に上梓した『安眠できぬ死者たち―キューバ知識人の革命、離反、亡命――』（原書タイトルは、*Tumbas sin sosiego: Revolución, disidencia y exilio del intelectual cubano*。以下、『安眠できぬ死者たち』）で、この、日々新しさを増す「歴史」に正面から取り組んだ。彼は、共和国期（一九〇二―五九）から九〇年代に至るまでの知識人の振る舞いや葛藤を、膨大な歴史的資料を通じて洗い出し、また、来るポスト・カストロ時代に果たすべき知識人の役割を思考している。スペインの出版社アナグラマが主催する評論部門賞を受賞した本書は、学術的成果であると同時に、キューバの未来にロハス自身がどう関与するのか、その姿勢を表明する書ともなっている。

ここでは、類書を含む近年の研究動向や著者の問題設定などを確認したのち、学術的性質の強い第二章と知識人論とも言える第三章に重点をおいて本書を紹介する。その作業を通じて、革命とキューバ知識人、特に文学者の強い結びつきをたどっていきたい。

ラファエル・ロハスの仕事とその周辺

ラファエル・ロハスは一九六五年、キューバ島のほぼ中心にあるビジャ・クラーラ州の州都サンタ・クラーラに生まれた。ハバナ大学で哲学を学び、ソビエトへの留学経験がある。八〇年代後半に

［1］エベルト・パディーリャは亡命先のアメリカ合衆国で二〇〇〇年没。また、ギジェルモ・カブレラ＝インファンテは二〇〇五年、やはり亡命先の英国で没した。

はキューバ新世代のなかでも注目すべき歴史研究者としてその名が言及される、折り紙つきのエリートだった。[2] しかし、あの「平和時の特別期間」の只中の一九九一年、キューバを離れてメキシコに亡命する。その後、コレヒオ・デ・メヒコで歴史学博士号を取得し(博士論文のタイトルは *Cuba mexicana: Historia de una anexión imposible*)、現在はメキシコに居を構えている。キューバ史を専門とする歴史学者である。

ロハスには四十代前半にしてすでに十冊を越える著書があった。彼がキューバについて発表してきた文章はおおむね、キューバ史、キューバ文学論、そしてキューバの現状をめぐる発言(提言)の三つに分けられる。[3] 筆者の手に入ったものを挙げておこう。

キューバ史やキューバ文学を論じたものとしては、『終わりなき島(*Isla sin fin*)』(一九九九)と『正典の饗宴(*Un banquete canónico*)』(二〇〇〇)がある。前者はキューバのナショナリズム形成を知識人の言論をたどって論じたもので、後者では従来のキューバ文学史を野心的に読みかえている。キューバ革命と文学者の関わりを扱った『安眠できぬ死者たち』もこの二作の延長線上にあると言えるだろう。

『待機の技法(*El arte de la espera*)』(一九九八)や『別れの政治学(*La política del adiós*)』(二〇〇三)は、アメリカ合衆国やメキシコ、スペインなどの雑誌に書いてきた比較的短めのエッセイを収めた時評集で、キューバの現状をめぐる冷徹な分析が主たる内容である。編著者をつとめた『キューバ、今日と明日(*Cuba: hoy y mañana*)』(二〇〇五)での彼の発言もこの傾向に入れられる。

＊

キューバ革命と知識人の緊張関係を扱った本には、内幕を暴露したものから、両者の関係を客観的に論じたものまである。ここでは、ロハスの本と関係が近いものを挙げて、近年の流れを踏まえておこう。

暴露ものの系譜をたどると、古くはエベルト・パディーリャの『忌まわしき記憶（*La mala memoria*）』（一九八九）やレイナルド・アレナスの『夜になるまえに』（一九九二）、ギジェルモ・カブレラ＝インファンテの『我が過失キューバ（*Mea Cuba*）』（一九九九）、リサンドロ・オテロの『災難は重なる――歴史に関する個人的省察（*Llover sobre mojado: una reflexión personal sobre la historia*）』（一九九七）がある。この四冊はともに自伝的な性質を備えているが、革命時の知識人のさまざまな身の処し方を外部のわれわれに明かしてくれた一次資料としても価値が高い。ロハスが『安眠できぬ死者たち』で扱うテーマも、「ひとつは、一九五九年の劇的事件に島の知識人が向き合った多様な方法」であり、二次資料という違いはあるが、この四冊と似通った性質をもっていると言ってよい。

［2］Santí, Enrico Mario, *Bienes del siglo: Sobre cultura cubana*, Fondo de Cultura Económica, México, D.F., 2002, p.388. Alberto, Eliseo, *Dos Cubalibres*, Océano, México, D.F., 2005, p.257. などを参照。

［3］Rojas, Rafael, *La política del adiós*, Universal, Miami, 2003, p.7.

今世紀に入り、ロハスとほぼ同じような立ち位置からキューバを文化史的な角度から論じたものとしては、エンリコ・マリオ・サンティ（一九五〇〜）の『世紀の財産――キューバ文化をめぐって（*Bienes del siglo: sobre cultura cubana*）』（二〇〇二）がある。キューバ独立百周年の「二〇〇二年」にあえて出したということにも注意を払っておきたいが、それはともかくここでサンティは、キューバの文化的な財産として、ホセ・マルティ、ホセ・レサマ＝リマ、カブレラ＝インファンテなどを取り上げて、〈キューバ文化〉について思考している。サンティが扱う作家や作品は、これから見ていくロハスの関心とかなり多くが重なっており、目次をひととおり眺めただけでも両書がよく似た体裁になっていることがわかる。本書との比較は今後興味深い作業になってくるだろう。もっともサンティの本は三十年近くにわたって書き散らしてきた文章（書評や時評、あるいは講演録）を一冊に編んだもので、エッセイ集のように見えなくもない。一方、ロハスの『安眠できぬ死者たち』は、筆者が確認するかぎり、一部をのぞいてほとんど全篇書き下ろしであり[4]、体裁も学術的な性格が強調されているという違いがある。

ロハスがかかわっている別の二つの仕事も同じ系譜に連なるものと言えよう。ひとつは、やはり二〇〇二年に出た『二十世紀のキューバ評論（*Ensayo cubano del siglo XX*）』である。七百頁以上のこの本は、キューバの文化・思想をめぐって書かれたキューバ人の文章のアンソロジーである。ホセ・マルティ、フェルナンド・オルティス、レサマ＝リマ、アレッホ・カルペンティエル、セベロ・サルドゥイなどが一堂に会し、キューバの文化思想史を一望の下に収められる仕組みになっている。[5]『安眠できぬ死者たち』は、一次資料たるこの大冊と対にして読まれるよう意図されているかにも見える。

そしていまひとつは、ロハス自身が編集主幹をつとめ、マドリードで亡命キューバ人によって編集発行された季刊雑誌『エンクエントロ（*Encuentro de la cultura cubana*）』である。雑誌タイトルからもわかるように、国内外のキューバ文化が出会う場《エンクエントロ》を目指したこの雑誌は、一九九六年夏、『苺とチョコレート』を監督した映画人、トマス・グティエレス＝アレアの特集を皮切りに刊行が始まり、二〇〇六年には創刊十年を迎えた（二〇〇九年の夏／秋号（53／54合併号）をもって廃刊）。この雑誌の意義については後ほど改めて触れたい。

問題設定と構成

『安眠できぬ死者たち』を紹介していくにあたり、まずこの本の問題設定の核心でもあるキーワー

［4］『安眠できぬ死者たち』の第三章の「マヌエル・モレーノ＝フラヒナル」の項については、ほぼ同じ内容のものが掲載ずみである（Rojas, Rafael, *La política del adiós*, Universal, Miami, 2003, pp.14-19, pp.137-141.）。

［5］『二十世紀のキューバ評論』とあわせて、以下の二冊も二〇〇二年に出版されている。『二十世紀のキューバ短篇（*Cuento cubano del siglo XX*）』（Fondo de Cultura Económica, México, D.F.）、『二十世紀のキューバ詩（*Poesía cubana del siglo XX*）』（Fondo de Cultura Económica, México, D.F.）。

ド、「記憶の戦争」について説明しておこう。

記憶の戦争

革命成就以降、キューバをめぐってはさまざまな戦争が戦われた。その中には、たとえば地理上のキューバ島をめぐる戦争（ヒロン海岸での軍事的戦闘）があり、あるいは政治体制に関する戦争（冷戦）がある。そして九〇年代後半以降に繰り広げられている戦争は、キューバの知識人が残した遺産をめぐる、言わば象徴的なレベルでの戦争である。

どういうことか。六〇年代から八〇年代まで、一貫してキューバ政府は革命を支持した知識人（ニコラス・ギジェン、アレッホ・カルペンティエル、ファン・マリネーリョら）を顕彰し、一方で亡命した知識人（リディア・カブレラ、ホルヘ・マニャッチ、リノ・ノバス・カルボら）の価値を貶めてきた。ところが同じ政府が九〇年代に入ると、亡命はしなかったが必ずしも革命に賛同していなかった作家たち（フェルナンド・オルティス、レサマ＝リマ、ビルヒリオ・ピニェーラら）を顕彰しはじめる。そして九〇年代も終わりになると政府は、かつて革命を批判してきたことが理由で中傷してきた作家たち（セベロ・サルドゥイ、リディア・カブレラ、リノ・ノバス・カルボら）を顕彰しはじめるようにもなる。しかしその一方で、カブレラ＝インファンテやエベルト・パディーリャ、レイナルド・アレナスらを国民的顕彰の領域に入れていない。

この事実は、だれをキューバ文化の正典として認めるのかを、革命政権が主体的に線引きしてきた証である。秦の始皇帝の焚書と同じように、カストロ体制は文化的な遺産に関する国民の記憶を一元的に支配しようとしている。この戦法が、革命体制の求心力を生む源泉のひとつとなっていることは間違いないだろう。六〇年代から八〇年代まで線を引く場所が変わらなかったことは、冷戦時代、国民の記憶の支配に体制がそれなりの成功を収めたことを示している。だが九〇年代以降（＝冷戦後）、その線が動きはじめるのは、それだけ従来の線引きに不満を抱く層が増え、体制側がそれを解消しようと少しずつ枠を広げ、ゆるみつつある求心力に必死に歯止めをかけようとしていることを裏付ける。もちろん下手に広げすぎれば逆効果になる危惧もある。今後、場合によってはカブレラ＝インファンテやパディーリャらをキューバ文学の正典として認める日がきても決して不思議ではないし、あるいは逆戻りして枠を狭める可能性も十分に考えられる。

体制によるこうした記憶の支配の結果、キューバ文化をめぐっては、その継承者である島内外のキューバ人のあいだで「記憶の戦争」[6]、すなわち過去をめぐる不和（malestar）が起きている。[7]本のタイトルにある「安眠できぬ死者たち」というのは、静かに眠れぬ知識人たちのことを指している。そし

［6］ちなみにロハスは、「記憶の戦争（Guerras de la memoria）」と題するエッセイを発表している（Rojas, Rafael, *El arte de la espera*, pp.46-48.）。本書執筆の予備的な省察と考えられる。

［7］ここはフロイトの論文「文化への不満」が踏まえられている。

てその葛藤の解消、すなわち死者の安眠のためには、象徴的な意味での「国民的霊廟」の建立が急務であると説く。目的は何か。そうした記憶の不和を解決しておかなければ、キューバに民主化は訪れないからだ。過去の文化遺産を「革命」の内側で一義的な解釈に閉じ込めるのではなく、複数の解釈の場に解放すること。文学作品を美的鑑賞という目的にのみ用いるのではなく、また知識人を単に理想化することも避け、多様な読解に向けて彼らの生を明るみに出すこと。こうした記憶の民主化こそが、政治的な民主化の前段階に必要な作業なのである。

この目的に資するため、ロハスは『安眠できぬ死者たち』で、キューバの文化遺産として継承するべき人物群や、彼らの残した作品群をさまざまな角度から照らし出す。キューバ文化の多様さを示し、その地図を描き出すのである。

「記憶の戦争」という問題設定が成された序論に次いで、「知識人たちの駆け引き」と題された第二章では、革命前に知識人たちがどのような言論空間に身をおき、国家をめぐっていかなる思想的立場を表明していたのかが示される。二十世紀初頭の独立期の国民神話をめぐる議論に触れつつも、主に一九四〇年（マチャド後の憲法制定）から一九六一年（社会主義革命の宣言）までの言論空間の自由と多様さが綿密な文献調査を通じて明らかにされてゆく。

続いて第三章では、革命と直に向き合った世代の代表的知識人、マヌエル・モレーノ＝フラヒナル、シンティオ・ビティエル、ギジェルモ・カブレラ＝インファンテ、エベルト・パディーリャ、ロベルト・フェルナンデス＝レタマール、ヘスス・ディアス、ラウル・リベーロの横顔が取り上げられている。作家ごとに節が立てられ、伝記的事実と作品とが、常にキューバ史や革命という主題をめぐって論じられる。

最後の第四章は、社会主義圏崩壊以降の時代を扱っている。ソエ・バルデスやレオナルド・パドゥーラ、アビリオ・エステベス、エリセオ・アルベルト、ペドロ・フアン・グティエレスなど新しい世代の作家を紹介しつつ、彼らの語りの戦略を、島内と島外に分かれたキューバ文化の再統合への試みとして分析する。またポスト共産主義のキューバの在りようを解説し、社会主義圏や南米の軍事政権後に採られた和解の選択肢などを踏まえてキューバにおける和解の方法を模索する。

上述したロハスの文章の分類にしたがうと、第二章と第三章はキューバ史とキューバ文学論にまたがり、第四章はその二つにさらに政治的発言を溶かしこんだ内容になっている。その点で、五百ページ余りのこの本は、キューバをめぐる著者の思索の、この時点での集大成として位置づけられる。

知識人の革命前史——自由な言論空間とニヒリズム

第二章は学術的論証に主眼をおいている。一九四〇年代から六〇年代まで自由な言論空間が育成されていたこと、そして同時に、ニヒリズムの浸透していくプロセスが膨大な資料を通じて明かされる。

自由な言論空間

ロハスは当時刊行されていた雑誌や知識人を三つのナショナリズムの思想傾向によって大別し、彼らの論争を時代順に跡付けながら、当時の言論空間の特徴を再構成してゆく。カトリック・ナショナリズムの雑誌としては、『ナディエ・パレシーア（*Nadie Parecía*）』、『ベルブム（*Verbum*）』、『エスプエラ・デ・プラタ（*Espuela de Plata*）』、『オリーヘネス（*Orígenes*）』といった、主にレサマ＝リマが関わっていた雑誌がある。共産主義ナショナリズムからは『ラ・ガセタ・デル・カリベ（*La Gaceta del Caribe*）』、『ヌエストロ・ティエンポ（*Nuestro Tiempo*）』などがある。そして、リベラル・ナショナリズムからは『ディアリオ・デ・ラ・マリーナ（*Diario de la Marina*）』、『シクロン（*Ciclón*）』、『ボエミア（*Bohemia*）』などの雑誌がある。

これらの雑誌を舞台に繰り広げられた論戦（たとえばカトリック派と共産主義派間の論争や、リベラル派とカトリック派間の論争、革命直後の論壇の再編成のプロセス）が、場合によっては細かすぎるとも言えるようなミクロなレベルで叙述されるが、その目的は、当時の知的領域における知識人の交流を伝えるところにある。

諸雑誌の思想傾向に大まかな境界線が引かれ、また整理され、今日のわれわれに見取り図が提示される。その結果わかるのは、この時代のキューバでは、三つに大別できるナショナリズムそれぞれが、相互に意志の疎通が可能なかたちで平和的な共存関係にあったことだ。

こうした複数意見の醸成と共存を可能にしたのは一九四〇年の共和国憲法である。バティスタが大統領に就任して制定されたこの憲法をきっかけに、キューバには市民的公共心が根付き、多様な国家観の共存が可能になった。一九四〇年憲法の制定によるキューバの近代的民主化は、政治的局面における社会性の育成など自由な言論空間を形成しながら進み、この環境がのちに、多様な国家観の諸勢力を結集したカストロ革命を下支えするのである。カストロらが革命運動に着手したときの最初の政治行動が、当の憲法を制定したバティスタを憲法違反で告発することだったという事実が、これを裏付けている。[8] 一九五九年の革命が、複数のナショナリズムを広く招き入れ、民意の支持を受けて成立したものだという歴史的正統性が確認される。

しかしその正統性は、一九六一年、当の革命首謀者たちによって覆される。それは裏切りだと指摘したのはホルヘ・マニャッチである。マニャッチは、一九六一年にカストロらが明らかにしたマルクス＝レーニン主義を基盤とする政策への転換は一九五九年の革命精神および国民への二重の背信であり、歴史的には正統性を欠いたものだと疑義を表明した。革命は間違っていない。しかし、選挙などの国民の意思を尊重しないまま、制度的にも社会的にも国の構造を大きく変える一九六一年の社会主義宣言は許されない――これがマニャッチのみならず、知識人の下した審判だった。マニャッチは亡命先のプエルト・リコからこのようにインタビューで述べ、その直後にこの世を去った。

［8］ Rojas, Rafael, *Isla sin fin*, Universal, Miami, 1998, p.16.

ビルヒリオ・ピニェーラとニヒリズム

革命以前、キューバの知識人のあいだには国家の自立を達成しえぬ挫折感、政治忌避、そしてニヒリズムが芽生えていた。このニヒリズムが二十世紀半ばにキューバの知的空間を侵し、一方に生まれつつあった社会性の放棄をうながして全体主義政権をもたらした。革命政権樹立後、カストロやゲバラへの一種の白紙委任状の提出ともいえる知識人たちの盲従は、このニヒリズムが背景にある。

そのキューバ的ニヒリズムをもっともよく体現した主人公は、ビルヒリオ・ピニェーラおよび彼が主宰していた文芸誌『シクロン』である。ロハスは次のように述べている。

> 五〇年代半ばにキューバの知的空間が経験する政治からの退却は、一九五五年から一九五七年までホセ・ロドリゲス・フェオとビルヒリオ・ピニェーラが刊行していた雑誌『シクロン』に凝縮されている。シュールレアリスム、実存主義、現象学、精神分析、戦後のユマニスム的観念論への接近……そして（中略）同性愛への公然たる擁護からも明らかなように、この刊行物が文学的地方主義やブルジョア・エリートのカトリック的偽善に対抗して発揮した道徳的反乱は、国の政治課題を前にするときの彼らの怠惰や軽薄さとは対照的なのである。

『シクロン』は、カトリック派ナショナリズムの大御所レサマ＝リマが主宰する穏健な文芸誌『オリーヘネス』に対抗してピニェーラが出したリベラルな前衛文芸誌である（本書第二章も参照のこと）。

しかしピニェーラの思惑とは裏腹に、文学的価値は美的目的によって文学の内部でのみ論じられるべきとする姿勢や政治からの逃避は、『オリーヘネス』と同質だった。

もちろんニヒリストはピニェーラばかりではない。ホルヘ・マニャッチ、フェルナンド・オルティスら先行世代の知識人にも政治への幻滅があり、知的空間にはニヒリズムが広く行き渡っていた。しかし中でも政治への無関心が際立っていたピニェーラは、共産主義派の雑誌『ヌエストロ・ティエンポ』上で「敗北者の思想」の主だと批判されもしていたが、革命後に出た最後の『シクロン』（一九五九年三月）では一転、革命礼賛の文を寄せる節操の無いところを見せる。

ロハスはピニェーラの姿勢を、「政治を汚れたものと関連づける、古臭い情緒的ためらい」と評し、この振る舞いを以降の世代の作家たち――カブレラ＝インファンテ、セベロ・サルドゥイ、エベルト・パディーリャら――が継承することになったと見る。ロハスは言う――「長きにわたるニヒリズムの培養からしか、一九五九年と一九六一年の間に瞬時に建設されたあの革命秩序に対する多くの知識人の謎めいた降伏は説明されえない」。知識人の革命に対する全面降伏、この行為は、「ニヒリズムという罪に対する集団的贖い」なのだ。

ロハスはこのように、知的空間をニヒリズムで覆い尽くしたピニェーラらの無責任な姿勢を書き連ねるのだが、かといって、彼らに対して殊更に厳しく冷たいわけではない。彼の分析は多種多様の論戦に立ち寄り、ストーリーの単純化を容易には許さない濃密な語りの構造になっている。

そもそも政治に対するためらいによって知識人が全面降伏してしまったとしても、その彼らをキューバから追っ払うことは、キューバ文化の歴史的正統性の維持とはなり得ないだろう。政治への無関心、あるいはニヒリズムのどこが悪いのか？　むしろ様々な知識人の当時の姿勢のどれもを平等に、キューバの政治、歴史、文化の中に位置付けようとすることこそが必要ではないか。それを行うことこそが国民的な和解の第一歩であるはずだ。政治への無関心という「政治性」もまた存在を許されなければならない。

知識人論――反面教師と理想像と

さて第三章では文学者七人のプロフィールを個別に追いながら、知識人と革命との距離の具体的な事例が示される。盲従（フェルナンデス＝レタマール）、面従腹背（モレーノ＝フラヒナル）、反目（パディーリャ）など、いくつかのタイプをとりあげつつ、ロハスの考える理想的な知識人像を提示する。七人の中では、マヌエル・モレーノ＝フラヒナル、ヘスス・ディアス、カブレラ＝インファンテを語るとき、ロハスの眼差しは親密で愛情に満ち溢れ、第二章で見せた俯瞰的立場とは対照をなす。そもそも本書は「師にして友人である」モレーノ＝フラヒナルとヘスス・ディアスの両名に捧げられ、また、序章には、やはり親交のあったと思しきカブレラ＝インファンテの文章がエピグラフとして引かれている。本書の成立にこの三人が特別な立場で寄与していることが、ロハスの筆致の変化と関係しているのだろう。ともあれここでは、反面教師として登場させるロベルト・フェルナンデス＝レタマール、継承すべき立場として尊重しているヘスス・ディアスを見てみよう。

ロハスは、詩人でもあり批評家でもあり、また文化官僚として革命のスポークスマンでもあるフェルナンデス＝レタマールを、左翼系知識人のジレンマを体現する好例と見ている。抒情派の詩人として五〇年代初めにデビューしたフェルナンデス＝レタマールは、革命に参加しなかったことから罪悪感に苛まれ、贖罪の知識人になる。カストロ、ゲバラを礼賛する文章を書き散らし、知的領域の主導権を政治家に明け渡した六〇年代から七〇年代は、彼はそもそもの知的基盤である西洋的な美や知を段階的に放棄し、反西洋的、反知性的な態度を鮮明にしていく。その成果でもある一九七一年のキャリバン論の発想はポストコロニアル批評においては必須の文献になる。しかしボルヘスやバルガス＝リョサらを一貫して否定し続けるしかない彼は、やはり革命体制独特の非妥協的姿勢の典型であり、国家権力にすべてを捧げた政治的パンフレット作家であることは否めない。

ロハスが問題にするのは、フェルナンデス＝レタマールが自分の文章の読み手として、キューバの一般読者や、島内外の知的空間を形成する人たちではなく、もっぱら政権中枢のエリートのみを選び出していることである。閉じられた、もはや言論空間とは言えない場所で自足し、権力におもねる御用知識人の姿が一切の皮肉なしに描き出されてゆくとき、その存在の痛々しさはひときわ強調される。

これとは対照的に登場するのがヘスス・ディアスである。一九四一年生まれのヘスス・ディアスはバティスタ政権打倒運動に身を投じるところから革命と積極的なかかわりをもっている。作家としては一九六六年に短篇集『困難な歳月（*Los años duros*）』が「革命というテーマを文学的に扱った模範的作品」[9]と評価され、カサ・デ・ラス・アメリカス賞（短篇部門）を受賞し、革命世代の正統的作家として歩みはじめた。

その後、革命への忠誠を誓いながらも、雑誌『エル・カイマン・バルブード（*El Caimán Barbudo*）』や『ペンサミエント・クリティコ（*Pensamiento Crítico*）』の編集者として文学芸術に関しては自律的見地を求めていた。「パディーリャ事件」の発端となるパディーリャの挑発的なエッセイが『エル・カイマン・バルブード』に掲載されたとき、同誌の編集長をつとめていたのはディアスだった。だがその後、自らがかかわった映画の検閲や小説の発禁などを経験し、社会主義圏崩壊後、程なくベルリンへ渡る。

ディアスが島外で明らかにした政治的な立場は、アメリカ合衆国に経済封鎖の解除を求め、同時にキューバにはカストロ退陣を迫るものだった。ディアスのこの立場は、経済封鎖に限らずカストロ暗殺すらもくろむマイアミの亡命キューバ人コミュニティの論法とは立ち位置が百八十度異なり、また当たり前のこととして、島からも追放の憂き目に遭う。「愛国的左翼」というラジカルな姿勢は、マイアミにもハバナにも居場所を見つけられず、ディアスは第三の土地を選択することを余儀なくされる。それが一九九五年から二〇〇二年に急死するまで住むことになるマドリードである。ここで想い起こしておきたいのは、ロハスのもう一人の「師にして友人」モレーノ＝フラヒナルが死に場所として選んだのがマイアミだったということである。ロハスによれば、先人たちの眠るマイアミで死ぬことは、モレーノ＝フラヒナルにとって、学術的経歴からも真っ当な系譜に連なることを意味していたという。

こうしてディアスはマドリードを拠点に新たな言論空間の創設に取り組んだ。その結実が、後にロハスも参加する雑誌『エンクエントロ』である。同誌創刊号にはディアスの抱負が高らかに宣言されている[10]。

> 雑誌『エンクエントロ』は、最重要の目的として、国の現実を検討に付すための開かれた空間でありたい。わたしたちのページには、島に暮らすキューバ人からも、それ以外の国々に暮らすキューバ人からも寄稿してもらうことになるだろう。言うまでもないが、わたしたちの国やその状況に関する外国の知識人からの論考も掲載されるだろう。（中略）『エンクエントロ』は、キューバあるいは亡命先のいかなる政党とも政治機関ともなんのかかわりももっていない。（中略）『エンクエントロ』は、矛盾したり、場合によっては対立するさまざまな観点に開かれており、また、論争を受け入れ、それを活発化させるだろう。それを行いながら、わたしたちの国にあって欲しいと願う複数性の社会（la sociedad plural）を前もって形にしているのである。（傍点引用者）

［9］Casañas, Inés, y Jorge Fornet, *Premio Casa de las Américas: Memoria 1960-1999*, Casa de las Américas, La Habana, 1999, p.53.

［10］*Encuentro de la cultura cubana*, núm.1, verano de 1996, p.3.

「開かれている」ことや「複数性」へのディアスの執着は、キューバもマイアミもどれほど閉じられた単色の空間なのかを裏書し、また異論の入る余地を許さないという点ではお互い双子のような場所であることを改めて気づかせる。ちなみにディアスはマドリードで、ディアスポラのキューバ人による社会科学系の出版社コリブリ（意味はハチドリ）創設にも力を貸し、さらなる言論の場の確保に努めた。マイアミでなくマドリードへ、というキューバ人ディアスポラの別の地図がここに築かれたのである。

自分の意見に賛同する者としか対話せず、閉じられた言論空間にこもるフェルナンデス＝レタマールと、複数の意見が共存する知的領域を切り開いたヘスス・ディアス。ロハスはディアスを「キューバにおける民主主義への移行期の、もっとも重要な公的知識人（intelectuales públicos）のひとり」と呼んでいる。日本語にしにくく、まただからこそ論争の種になる「公的」というこの表現の内実をここでの論旨に依拠して解釈すれば、ためにする批判ではない言論の場の構築に寄与する人のことを指している。仕事上《オフィシオ》の利害でのみ（つまり「オフィシャルな」立場から）行動するフェルナンデス＝レタマールと対置させたとき、ディアスの「公共性」がもっている広がりが、より鮮明になってくるのではないだろうか。このように見ていくと、ディアスと同世代人でありながら、経歴が奇妙にすれ違うアレナスの亡命以降の振る舞い（『マリエル（*Mariel*）』誌創刊、カストロへの公開質問状など）を、ディアスのこの「公共性」に則して吟味してみたくなるのだが、この点については稿を改めて論じたい。

終わりに

ロハスはこれまでの著作を通じ、島内外のキューバ人の対立を解消し、島外に散逸したキューバの文化を公平に受け入れる環境を島の中に整え、そのもとで統治される新しい共同体のありかたを探っている。[11] そして『安眠できぬ死者たち』においては、そうした未来に向けての第一歩となるよう半世紀前の歴史的資料を掘り起こし、幾多の論争や百家争鳴の思想的立場の系譜に光を当てた。政治的パンフレットのように教条的な観点から論ずるのではなく、論争の様相を丁寧に再現することを追求している。

もっとも、留意しておくべき点もある。ロハスはこの本ではとりわけ西洋的な知を基盤にした作家を中心に取り上げ、それらの作家を西洋の作家と比肩させていく手続きをとる。たとえば、モレーノ＝フラヒナルをブローデルと、カブレラ＝インファンテをプルーストと、シンティオ・ビティエルをエズラ・パウンドと並べる。ここには、キューバの文化をあくまで西洋思想の範疇でのみ解釈するという著者の強い意志がむき出しになっているようにも見える。例えば、ニコラス・ギジェンはどうなるのだろうか。キューバの植民地性を訴え続けた初期の詩はなぜ採り上げられないのだろうか。ここ

[11] Rojas, Rafael, *La política del adiós*, Universal, Miami, 2003, pp.7-8.

を批判的に継承していくことが必要になるかもしれない。

　とはいえ、革命前後の知識人の群像劇とも言える本書は、革命において果たした（果たさなかった）キューバの文学者たちの役割を大いに読者に伝えるものだ。彼らの「過去」を複数の解釈に解放し、それを通じてキューバをめぐる記憶の共同性を打ち立てようとすること。これを、マイアミでもマドリードでもなく、カストロ、ゲバラが逗留したメキシコシティというキューバ革命とは切っても切れない関係の土地に居を定めるロハスによる、新たな革命運動と呼んでもいいだろう。彼もまた、キューバ文学史に名を残す知識人の一人にほかならない。

第五章

『低開発の記憶』にみるエドムンド・デスノエスの苦悩

はじめに

キューバの作家エドムンド・デスノエスの『*Memorias del subdesarrollo*』はおそらく、キューバ革命と知識人の関係を描いたものとして最も有名で、広く読まれている小説だろう。「パディーリャ事件」目前の一九六五年に出版され、ほどなく英訳版が出て映画化もされた。英訳を受けて日本語でも『いやし難い記憶』というタイトルで翻訳され、その後、『低開発の記憶』という、より原題に近いタイトルで改めて翻訳されている。[1]

前章で見たような革命と知識人の緊張を考えれば、知識人側は革命に批判的な事柄を赤裸々には描きにくいはずだ。実際、英訳版の序文を書いたアメリカ作家（ジャック・ゲルバー）と一九七二年の日本語版訳者（小田実）は揃って、革命に同調できない人物に焦点が当てられたこの小説の出版や、その作品を原作とする映画が、まさにキューバから発信されたことへの驚きを隠せない。キューバでは知識人が革命をこれほど自由に批判できるのか、と。

こうした作品がトラブルを起こさずに出版できているのだから、キューバ革命は言論に対して寛容である。キューバ革命は予想に反し、言論人を弾圧していない。この本はそのようなメッセージを携えて、欧米、そして日本にまで届いた。これは西側の知識人にとって朗報だっただろう。革命政権にとっても、キューバの対外的なイメージを傷つけずにいられる。

しかしそのメッセージをそのままに受け止めて良いのだろうか。デスノエスは革命から自由な立場に立ってこういう小説を書いたのだろうか。ここでは英訳に先立ってキューバで出た初版や映画版の脚本などに立ち寄り、それぞれから当時の状況を浮かび上がらせ、本書を取り巻く環境をあとづけてみたい。

テキストの変遷

『低開発の記憶』の初版は一九六五年、ハバナで刊行された。[2] 初版の巻末には目次がある。それを見ると、最初に「低開発の記憶」とあり、そのあとに「付録（Apéndice）」と明記されて別項が立てら

［1］小田実、『いやし難い記憶』、筑摩書房、一九七二年。野谷文昭訳『低開発の記憶』、白水社、二〇一一年。

［2］このテキストについて筆者が参照したのは以下①〜⑤のテキストである。

①初版 Desnoes, Edmundo, *Memorias del subdesarrollo*, Unión, La Habana, 1965.

②英語版 *Inconsolable Memories*, translated by the author, foreword by Jack Gelber, André Deutsch, London, 1968.
［小田実の邦訳版には原書のデータが載っていないが、邦題が『いやし難い記憶』となっていることから、おそらくこの版に依拠したものと思われる。］

③英語版 *Memories of Underdevelopment*, translated from the Spanish by the author, Penguin Books, Middlesex, 1971.［この版は前記、一九六八年の英語版初版を再版したものである。しかしタイトルが変更され、より原題に近いタイトルになっている。このこともテキストの変遷の一例である。］

④新英語版 *Memories of Underdevelopment*, translated by Schaller, Al, Latin American Literary Review Press, 2004.
［この版のためのデスノエス自身の序文が加えられている。］

⑤新スペイン語版 *Memorias del subdesarrollo*, Mono Azul Editora, Madrid, 2006.［前記の新英語版とは異なる内容の、この版のためのデスノエス自身の序文が加えられている。］

また、入手できなかったものとして以下の二冊がある。

⑥ *Memorias del subdesarrollo*, Joaquín Mortiz, México, D.F.［上記②を踏まえての改訂増補スペイン語版。Apéndice を含む。］

⑦ *Memorias del subdesarrollo*, Letras Cubanas, La Habana, 2003.［野谷文昭訳『低開発の記憶』の底本。］

れ、その下に四つの短篇のタイトル、「ジャックとバスの運転手（*Jack y el guagüero*）」、「嘘みたいな本当の話（*¡Créalo o no lo crea!*）」、「ヨドール（*Yodor*）」、「ぼくに何ができる？（*What can I do?*）」が並んでいる[3]。

注意深い読者であれば、この「付録」という表現に注目するのではないだろうか。「低開発の記憶」以外の四篇が「付録」ということなら、遡及的に「低開発の記憶」は「本篇」となる。ここには何か仕掛けがあるのではないか？

確かにここには仕掛けがあって、批評家のエンリコ・マリオ・サンティが丁寧に解き明かしているので、それに依拠して説明しよう[4]。しかしその前に、このテキストがたどった変遷を確認しておきたい。

初版は一九六八年に英語に翻訳される。翻訳したのはデスノエス本人である。わずか三年という早さで翻訳が出版されたのは、デスノエスが訳せたからだ。しかしそのとき、先に述べた初版の「付録」にあたる四つの短篇は含まれず、「本篇」だけが英訳されている。その上、その英訳版は、スペイン語の初版と照合してみると、かなり加筆されていて分厚い。初版はページ数にして六十ページにも満たない薄い中篇程度の「本篇」だったが、英訳版はそれに比べると分量が多い。英訳を底本にした小田実訳の日本語版にも同じことが起きている。

加筆された部分として一例をあげると、主人公の中年男性が若い愛人女性とハバナ郊外にあるヘミングウェイ博物館（元はヘミングウェイが住んでいたが、革命後に明け渡し、博物館になった）に出かける場面がある。ここで男は、彼女の仕草や台詞を通じて育ちや教養を観察したり、訪れるロシア人観光客に辟易したりする。教養のある男性にして、進みつつある革命を傍観する者という主人公の立ち位置がはっきりと伝えられ、小説の本質ともなる重要な個所だ。

ヘミングウェイ博物館で展開するこの場面は、デスノエス自らが脚本家として参加し、グティエレス＝アレアが監督した映画作品にもある。映画公開も英訳と同じ一九六八年である。元々デスノエスの頭にあったものが撮影されたのかもしれないし、グティエレス＝アレアが発案したエピソードかもしれない。いずれにしろ、デスノエス自らの英訳版にはこのヘミングウェイ博物館での加筆部分は入っている。一方で、「短篇」は翻訳されていない。したがってスペイン語の初版と英訳本はまったく異なる本である。冒頭で触れたアメリカ作家ジャック・ゲルバーは、あくまで英訳本に基づいてキューバの文化政策の寛容さに驚きを示しているわけである。

その後、加筆部分はスペイン語になり、現在、『低開発の記憶』というテキストは、「本篇」と「付録」の三つの短篇から成っている。スペイン語初版の最後に置かれていた短篇「ぼくに何ができる?」

［3］ Desnoes, Edmundo, *Memorias del subdesarrollo*, Unión, La Habana, 1965, p.103.

［4］ Santí, Enrico Mario, "Retóricas de Gutiérrez Alea", *Bienes del siglo: Sobre cultura cubana*, Fondo de Cultura Económica, México D.F., 2002, pp.278-313. を参照。

は、二度と収録されていない。デスノエスではない別の翻訳者によって英訳された本も同じである。

　初版とそれ以降にはもう一つ違いがある。先に述べたように、初版では目次にそれらの短篇が「付録」であると明記されていたが、確認した限りでは、初版以外にその表記が存在しない。「付録」という表記があるかないかは大した問題がないように思われるかもしれないが、そうとも言い切れまい。

　どういうことか、日本語版を参考に考えてみよう。二〇一一年に刊行された新しい日本語版は、「低開発の記憶」と三つの短篇で構成されている。底本は訳者によれば、二〇〇三年のキューバ版である。目次を見ると、本のタイトルである「低開発の記憶」があり、そのあとに、※印を前後に挟んでタイトルが三つ並んでいる。この本を構成する主たるテキストが「低開発の記憶」であることは分かるとしても、そのあとの短篇三つはどのような位置付けにあると考えればよいのだろうか。読者が行なう解釈としてありうるのは、米国で刊行される本で見かけるような、『「低開発の記憶」と、その他の短篇』といった、代表作をいくつかの短篇と合わせて一冊にした本と見なすというものではないだろうか。

　しかし、もし「付録」と明記されていれば、何か意味があるのかもしれないと想像が展開する可能性がある。「付録」という表記があるかないかは作者にとって重要だったのではないか、と。

「本篇」と「付録」の関係

では「本篇」と「付録」の関係はどうなっているのか。「低開発の記憶」と題された、初版の「本篇」冒頭を見てみよう。

僕を愛し、最後の最後までわずらわせた連中は、みんな出て行ってしまった。母にキスしたとたん――ラウラときたら手を握らせもしなかった――、走って逃げ出したい気持ちに駆られたけれど、そのあと送迎用のデッキに上り、最後までそこに留まることにした。飛行機は滑走路をずるずるぶざまに走り、うなり声を上げると、やがて静かに空へ消えて行った。（中略）キューバに家族はいなくなり、友人もほとんどいなくなった。[5]

妻ラウラを含め、家族がキューバから亡命し、国に一人残される「僕」の語りがこのテキストである。形式としては一人称の独白の断章から成る。断章は長いものから短いものまでさまざまだが、十行程度の断章もある。原題「*Memorias del subdesarrollo*」の「memorias」には「手記」という意味が

[5]『低開発の記憶』白水社。以下、本文からの引用はこの版による。

あり、厳密には「低開発に関する手記」としてとらえてよい[6]。
手記であるからには当然作者がいる。ではこの手記を書いたのは、つまり「僕」とは誰なのだろうか。この点については出版されたときから当惑の種になってきた[7]。手記のたとえば、以下のような記述を見てみよう。

デパートの〈エル・エンカント〉が焼けてから、街は以前とは違ってしまった。ハバナは今では、ピナル・デル・リオやアルテミサ、マタンサスみたいな内陸の町を思わせる。かつて観光客や娼婦たちはハバナのことをカリブのパリと呼んでいたのに、もはやそうは見えない。今はむしろ、テグシガルパやサンサルバドルやマナグアといった中米の国の首都、生気のない低開発の都市のひとつのようだ。

今、僕には何に関しても照会する手立てがない。資本主義国からは本も製品も入ってこない。ここではすべてが変わってしまい、新聞は政治的スローガンをもたらすばかりだ。

革命以降の街の変貌を嘆く、高級アパート暮らしの中年男性の手記であることを確かめながら読み進めれば、この小説は、野蛮な革命が進行するなかでのブルジョア知識人の疎外がテーマであり、語り手＝主人公は著者エドムンド・デスノエス本人であると想像してしまう。そう読むように誘い込まれる。

デスノエスはハバナで初等教育を終えたのち、ベネズエラのカラカスで英語教師をしたことがあり、その後ニューヨークでは記者をつとめ、キューバ革命とともに帰国した。ときに英語のフレーズも挿入されるこの小説は、そういうデスノエスの経験を参照できる読者であればなおのこと、デスノエス本人による、革命へのシニカルな眼差しを描いたものになるだろう。

しかし読み進めていくと、小説の前半では主人公の名前が出てこない。このことが手記の作者をデスノエスと思い込ませる方向に働くのだが、「[僕は] エディの小説を持ってベッドに飛び込んだ」、「[僕は] エディの小説を読み終えた」という叙述があり、エディがエドムンド（・デスノエス）の愛称であることから、当惑が芽生えてくる。そしてついに主人公の男が、エディやカルペンティエルが登壇する現代小説のシンポジウムに出掛けたときのエピソードが記述され、そのエディがほかならぬエドムンド・デスノエスであり、それを眺める「僕」が同じ場所にいることが確認されるのだ。つま

［6］野谷文昭「訳者解説」、『低開発の記憶』、一九一頁を参照のこと。
［7］例えば、Álvarez Federico, "Perspectiva y ambigüedad en las Memorias del subdesarrollo", *Revista Casa de las Américas*, Número 39, 1966, 148-150.

りこの「手記」を書いたのは、デスノエスではなく、別人の「僕」なのである。「手記」の作者をめぐる当惑は多くの読者が味わうだろう。

実際に主人公の名前が読者のもとに伝えられるのは、小説の半ばを過ぎてからで、それによれば、フランス系のマラブレという姓だ。小説上の現在は三十九歳。ハバナで暮らしていた高校生時代、ハンナという近くの学校に通うユダヤ系の女性と交際し、その後ニューヨークに旅立った彼女を追う。数カ月ハンナと付き合い、結婚するつもりでいったんキューバに戻ったマラブレだったが、帰ってみると父親が自分のために家具店を手に入れてくれていた。あっさりハンナを忘れ家具店店主になるが、文学を志す気持ちもあり、いくつか短篇をこっそり書いている。短篇のことは、たとえばこのような方法で「本篇」に言及されている。

「嘘みたいな本当の話」という短篇は、そのころ［一九五三年］の僕の物の見方を反映しているけれど、今は気に入っていない。

「僕」が書いた他の短篇についてはどうか。ニューヨークには戻らずにハバナで家具店を始めたころに書いた短篇は、「ジャックとバスの運転手」というもので、それが最初の短篇だという。「まだお粗末なできばえだが、もしも細部を片っ端からなくしていけば、一コマ漫画にさえならないだろう」。その後、ラウラというキューバ人女性と結婚した彼はハンナの足跡を追い、一度だけ再会する。その後は仕事に打ち込みながら、「ヨドール」という、「僕がこれまでに書きえた最高の短篇」を書く。

以上の三篇（「嘘みたいな本当の話」、「ジャックとバスの運転手」、「ヨドール」）が、「本篇」で言及されるマラブレの書いた短篇である。短篇のタイトルを見ればわかることだが、これらの短篇は、『低開発の記憶』の初版の「付録」として掲載されていた短篇のタイトルと同じである。このことからわかるのは、「本篇」＝手記がマラブレの手になるものであると同様に、「付録」＝短篇もマラブレによって書かれていることである。

では、マラブレとエドムンド・デスノエスとの関係はどういうものだろうか。詳細は明らかにされないが、若いときからいろいろなところで顔を合わせていた友人同士であるようだ。お互いに作家志望で、エディのほうが成功し、それを嫉妬しながら見ているマラブレという構図である。もちろんエディはマラブレにも作家になってもらいたいようで、エディがニューヨークに記者として行くときに、彼を誘ったりもする。しかしマラブレは家具店があったので断る。

その後、エディはニューヨークの雑誌社が革命批判を行なうのが気に入らず、職を辞してキューバに帰国する。マラブレは帰国後のエディと会うのを避けていたが、シンポジウムの聴衆として参加し、生のエディを眺めるのである。


彼［デスノエス］と僕は同じ天井の下にいた。彼は上のひな壇にいて、僕は下の聴衆の中にいた。

けれど二人の間には深い溝があった。

こうしてマラブレは壇上のエディを見つめながら、先に述べた自分の書いたいくつかの短篇を送ってみようと決心する。

以上のことをまとめると、「本篇」である「低開発に関する手記」の作者は、デスノエスの友人マラブレである。その彼は作家として成功したデスノエスに距離を置きながらも、彼に自分の作品を送る。そして、エディに送られたその作品が、「付録」として「本篇」に添付されている。短篇はマラブレのものであって、デスノエスの別の作品ではない。「付録」とはそのことを指している。四つ目の短篇「ぼくに何ができる？」が初版以外に二度と収録されていないのは、本篇に言及がないからなのだろう。

こうして小説内の語りを整理して明らかになったことは、「本篇」と「付録」と明記した初版を発表したときのデスノエスの頭にあったと思われる、小説上の「仕掛け」である。

主人公の末路

映画ではこのような小説の重層性はそのまま維持できないが、撮影時に用意された脚本を見ると、ここにも工夫の跡が見られる。この脚本は、撮影時の注記とともに出版物として流通し、参照することができる。[8]

現在我々が見ることのできる映画版『低開発の記憶』は、キューバのカーニバルの模様がドキュメンタリー風に撮影された場面から始まり、印象深い冒頭になっている。その場面は脚本では以下のように記述されている。

1. ミディアム・クローズアップ：ミュージシャンがコンガを叩いているところを、カメラは脇から彼の肩越しに撮る。ミュージシャンの向こうにはステージの正面があり、ぼんやりと聴衆が見えている。

2. ミディアム・ショット：ミュージシャンは演奏を続けているが、カメラは彼のもう片方の肩越しに捉える。背後から撮影された女性がステージで踊っている。[9]

しかし脚本のこの場面には注があり、そこを見ると、映画を撮る時の元の構想が以下のように明らかにされている。

［8］ Gutiérrez Alea, Tomás, *Memories of Underdevelopment (Rutgers Films in Print)*, Rutgers University Press, New Brunswick and London, 1990.

［9］ Gutiérrez Alea, *Memories of Underdevelopment*, p.31.

冷たい、抑揚のない、機械的な声が、一九六二年十月のある日にベダード地区のアパートで死体が発見されたときの警察の報告書を読み上げる。死体には腐敗の徴候が見られ、死因は自殺だと推測されている。捜査上の関心を引く発見された書類（そのいくつかは言及される）のなかに日記がある。

場面（サイレント、効果音なし）は以下のとおり。

アパート内部

死体を部屋から運び出そうとする男たち

ビルの外

野次馬。

取り巻く人々。

男たちは死体を車に載せて出発する。

通りの人々、野次馬たちは散り散りになる。それぞれ自分のことに戻る。

（中略）

スタジオ

フルスクリーンでセルヒオ[10]の身分証明書の写真。[11]

この場面から何がわかるかというと、映画はもともと、主人公男性の自殺死体のショットから始まるはずだったということである。死んだ男の遺品のなかに身分証明書や日記があり、それが警察に運ばれる。そして身分証明書からセルヒオという名であることがわかり、その男はどういう男なのか？という謎が映画のプロローグとして提示されるのだ。

ということは、映画の主たる内容は、その彼の死に至るまでの何日間かを遡及的に説明していく流れになっていたということだ。映画の「本篇」の続きは、先に引用した小説とまったく同じように空港での家族との別れの場面になるので、仮に当初の予定どおり完成させられていれば、映画制作者の意図は主人公の自殺という結末を提示し、その後自殺までの、具体的にはいわゆる「ミサイル危機」時（一九六二年十月）に自殺を図るまでの期間を描いた内容の映画ということになる。

映画撮影時の構想と出来上がったものとが異なることには何ら疑問はない。ただここで確かめておきたいのは、主人公が自殺したものとして構想されていたことである。では、その構想は原作の小説に着想を得ているのだろうか。つまり小説で主人公の死は描かれているのだろうか。

---

［10］セルヒオは映画版での主人公の名前である。映画で姓は言及されない。
［11］Gutiérrez Alea, *Memories of Underdevelopment*, p.99.

マラブレについて

マラブレは一見、自殺しそうにはない、ドン・ファン的な、複数の女性と関係をもつ人物である。しかも彼は、相手に対して常に優位な立場にいる。

最初、彼はたまたま見かけた女性に惹かれ、食事に誘う。映画女優になりたいというそのエレーナは約束があったので断る。するとマラブレはとっさにエレーナに嘘の時間を告げる。エレーナの待ち人がすっぽかしているのだと思いこませ、籠絡に成功するのだ。

二人は深い仲になるが、マラブレはエレーナをもてあそんだだけで関係を断つ。そのきっかけは、先に触れたヘミングウェイ博物館で彼女をよく観察したことにある。その後彼女はレイプ容疑で彼を訴える。裁判ではエレーナがマラブレに明かしていなかった事実――彼女が一時期売春婦だったこと――が露見するのに対し、マラブレがエレーナについた嘘の方は彼女には明かされない。マラブレの方が多くの情報を持ち、エレーナは少ない情報しか持てない非対称的な関係があらわになる。そしてマラブレは無罪を勝ち取る。

マラブレはさらにその後、使用人として雇っているノエミとも似たような関係を築く。今度は英語力がマラブレを優位に立たせる。ノエミとベッドにいるとラジオからケネディの英語の演説が聞こえてくる。ケネディはミサイル危機のことを話している。ここでノエミは英語が分からないのに対し、マラブレは英語を完璧に理解し、キューバが置かれている危機的な状況を把握する。彼は英語が分からないノエミに無教養の烙印を押す。しかもここではノエミだけでなく、英語の理解できないキューバ人が世界的な状況を理解できない劣った人間だとしておとしめられる。「ここの連中はこれから何が起こりうるか分かっていない。」

　高い教育を受けたブルジョアやエリートは国を去り、自分よりも能力が劣った人、物を知らない野蛮な人、低開発状態の人で周囲は溢れている。そんな彼らを下等な人々だと軽蔑し、物事を分かっている人間は自分だけだ、自分はすべてが分かっているという、ある種の万能感に取り憑かれているのがマラブレである。

　その彼の心境を丸ごと描き出したのが、「付録」の短篇「ジャックとバスの運転手」である。スペイン語の分からないアメリカ人と英語の分からないバスの運転手が押し問答を繰り返すのを悦に入って眺める男の話だ。「本篇」では、これはマラブレの体験談だと告白される。


　僕はバスに乗っていた。誰か英語が分かる者がいないかと訊かれたとき、僕は黙っていた。アメリカ人も運転手も助けてやりたくなかった。しゃしゃり出るのがいやだったし、一体どうなるのか最後まで見届けたかったのだ。しまいに派手な喧嘩が始まり、警察沙汰になるのだろうと思った。バスの乗客でそこで起きていることを理解していたのは僕だけだった。キューバ人の言っていることもアメリカ人の言っていることも理解できたからだ。僕は状況を楽しんだ。神になったような気が少しばかりした。

神の位置に立てるこんな男にも乗り越えられないものがある。それが革命による社会の大変革だ。それが彼を自殺に追い込むのだが、発端となるのが、ヘミングウェイ博物館での体験である。もともとアメリカ合衆国はマラブレや（小説内の）デスノエスが住んだことのある身近な国である。マラブレは恋人を追いかけてニューヨークに行ったし、アメリカの小説も読んでいる。アメリカの歌も聴いている。アメリカ産の車にも乗っている。アメリカ文化なしではキューバのブルジョア生活は成り立たない。

しかし革命後、ヘミングウェイという「アメリカ」は博物館という過去の遺物になっている。しかもそこにはロシア人の観光客の団体が押し寄せる。マラブレは、ロシア人には「いやな匂い」がすると不快さをあらわにする。

アメリカ人不在の屋敷にロシア人が大挙するこの場面は、ミサイル危機に先立って、アメリカからソ連へ、キューバの宗主国が交代することをマラブレに突きつける。果たして小説の設定である一九六一年の段階で、実際にこれほどソ連からキューバに観光客が来ていたのかどうかは不明だが、アメリカそのものであるヘミングウェイ博物館をロシア人が満たすというのは、社会の大掛かりな変化を象徴する。

次に彼にダメージを与えるのは、映画『二十四時間の情事（ヒロシマ、わが愛）』である。この映画を見た感想をマラブレは以下のように記す。「原爆で黒焦げになった硬直した死体がスクリーンに映っている間、顔をそむけずにいるには努力が必要だった」。「新聞を読んで知ったのだが、十五年以上も経った今でも、ヒロシマとナガサキで放射能を浴びただけの日本人が発病し、死んでいる」。この映画体験があったために、ミサイル危機のときにマラブレの想像力は飛躍する。

革命政府はブルジョア層に一定の優遇措置をほどこし、彼は仕事をしなくても生きていけるのだが、こんな不安を抱いている。「もう未来のことは心配しないでおこう。その前に僕たちはみんな吹き飛ばされてしまうかもしれない。核爆弾のキノコ雲が僕に笑いかけているのだ！　どうなろうと知ったことか！」。

こうして、いよいよミサイル危機を国民に報告するケネディの演説が流れてくる。英語が分かることで、戦争が間近に迫っていることを直観したマラブレは核戦争の恐怖でおびえ、まともに物を考えることができなくなる。「水爆についての恐ろしい説明を読んだところだ」、「爆撃、侵攻、血、腐敗して悪臭を放つ手足のない死体のことを考えるのは、核による破壊を受け入れることより悪い。（中略）きれいな爆弾の中心で死ぬのだ」、「ペンタゴンはもうこの国を破壊する計画を用意しているにちがいない。（中略）何か音がするたびに、世界の終わりが来たと思ってしまう」、「何もかもが破滅に向かうとしたら。（中略）僕の頭はますます混乱する。（中略）僕は死ぬ、それでおしまいだ」。

ミサイル危機とは煎じ詰めていえば、キューバの支配者がアメリカ合衆国になるのか、ソ連になるのかの争いでもある。ソ連が勝てば、マラブレのように英語によって優位に立てる社会はキューバにはもうなくなる。アメリカ暮らし、英語がわかること、ヨーロッパ映画を観ること――これらは彼にこれまで万能感を与えていた。しかし革命後の世界ではむしろ絶望感を与えるものに変わり果てる。

自らの拠って立つ場の崩壊に直面し、絶望の果てに自殺する……

このように話を整理すると、主人公が自殺するという末路は不自然ではないだろう。冒頭のシーンは差し替えられたために完成した映画では自殺は描かれていないが、映画版では自殺がほのめかされているという指摘は根強い[12]。

終わりに

「パディーリャ事件」を目前にして、革命と知識人の関係を描いたこの作品の初版には、以上のように、凝った仕掛けが施されていた。このような手法は、やはり当時のキューバにおいて言論統制があったことを十分に想像させるものだ。

マラブレの手記という仕掛けについて言えば、デスノエスが革命にシニカルな態度を示す主人公を一人称の語りで据えることに躊躇があったことを示している。そこで自らをマラブレとは別に登場させた。これは、革命に距離を取る人間が「デスノエス」であると解されてはならないというメッセージである。もっとも、そうまでして革命に批判的な人物を描き切ったところは、当時のデスノエスにとって革命との関係が避けて通れない重要なものだったことを映し出している。

自殺という結末は、元の脚本にあったように主に映画版から伝えられるメッセージで、もしかするとデスノエスの意図を超えたところにあったかもしれない。ただ、革命の不服従者が自ら消えていくことになれば、この作品はむしろ革命精神にのっとった模範的な内容となる。そうなれば、結果として当時のデスノエスは守られる。

こう見ると、初版からは、英訳を通じて欧米や日本に届いたメッセージとはむしろ逆に、デスノエスが当局から誤解されないように綱渡りをしている様子が読み取れるのではないか。その工夫のあまり、彼の用意した仕掛けに読者はなかなか気づけまい。

読者に配慮してのことなのか、彼は自ら行なった英訳版でこのような仕掛けを捨てた。だがここには、キューバ人は「英語ができない」し、目に触れる可能性も低い、だからこそキューバの状況から自由になれたという見方も成り立つだろう。ところが国外では、「仕掛け」のないこの小説は、当時のキューバをめぐる国際的な好奇心も作用して、キューバの言論の自由さを伝える格好の証拠になってしまった。デスノエスにしてみれば、そのような読み方もまた、一面的過ぎる。

現在の『低開発の記憶』は「低開発の記憶」とその他三つの短篇として読まれている。「本篇」と「付録」の関係こそ明記されないが、短篇を収めない最初の英訳版は二度と出ていない。また初版も再現されることがない。仕掛けを維持すればその意図は分かりづらく、仕掛けをはずせば単純にな

[12] 野谷文昭「革命を批評する文学と映画」、野崎歓編『文学と映画のあいだ』、東京大学出版会、二〇一三年、一九一–二一一頁。またエンリコ・マリオ・サンティも主人公は自殺したと解釈している（注4の文献参照）。

る。複数のバージョンが存在するこの『*Memorias del subdesarrollo*』は、まさに当時のキューバの知識人の苦悩を象徴しているのである。

第六章

亡命地としてのアルゼンチン

――アントニオ・ホセ・ポンテとカリブ文学研究をめぐって[1]――

はじめに

自分が育って足場を築いてきた場所は、自分の書いたものが読まれる可能性が高いところである。書き手は自分の書いたものを受け止めてくれる身近な読者を想像しながら書くことが多いだろうし、執筆に用いる言語、どのジャンルを選んで書くか、どんな内容を書くかは、多くの場合、書き手が属する「場所」と何かしらのつながりがある。

といって、書き手とは関係が無い、あるいは関係が薄いところに読者がいないかというとそうでもない。そのようなところでも、自分の書いたものが翻訳されたり、そのまま出版されるのは不思議なことではない。自分の作品が自分の場所では事情によって出版できない作家の場合——そういう作家の数は少なくないはずだ——、自分とは関係がないにもかかわらず、惜しみなく出版の苦労を請け負う人がいて熱心な読みを行なってくれる場所があれば、そここそ自分の存在にとっての「場所」になる。作家にとってそこが本当の亡命先になることもあるが、たとえ実際に住んでいなくても、そこは文学上の「亡命先」や「避難所」と言っていいだろう。このような場所が存在すること、そしてこういう場所での文学の受容が世界の文学史のある部分を形作っている。

その意味で、アルゼンチン（とくにブエノスアイレス）は、アルゼンチン以外の作家にとって「亡命先」であり、「避難所」となってきた。迫害を受けた人びとがアルゼンチンに移住して、出身の文化について書き続けた場合もあるし、一定のあいだアルゼンチンに居を構え、現地の知識人らと交流し、執筆を進めた外国の作家もいる。定期的にアルゼンチンを訪れて文化的な活動を行なった者もいる。彼らは多くの場合、現地の文化活動に影響を与えたり与えられたりしながら、アルゼンチンで自分の作品が出版される機会を得ている。[2] こうしたことが可能なのは、アルゼンチンにそれを受け止める土壌があるからだろう。

本稿では、キューバ作家のアントニオ・ホセ・ポンテにとってもアルゼンチンが「亡命先」となっている事例を提示することを目的として、この作家とアルゼンチンとのつながりについて追い、彼の作品を考察する。後半はポンテの受容を可能にしたと考えられるカリブ文学の研究環境や動向を、アルゼンチンでの関連文献の出版状況や人的交流の様態から概観する。

アントニオ・ホセ・ポンテとアルゼンチン

キューバの作家アントニオ・ホセ・ポンテの存在は、やはりキューバ出身の作家ビルヒリオ・ピニェーラについて小さな研究書をキューバで出したことがある以外には筆者は注目していなかった。ところがアルゼンチンでは彼の作品の出版が相次いでいる。雑誌では特集が組まれ、彼を論じた研究書も刊行され、学会でも彼の作品についての研究発表を聞くことができる。このキューバ人作家とアルゼンチンとの関係はどのように築かれたのだろうか。

ポンテは一九六四年にキューバの地方都市マタンサスで生まれた。十六歳でハバナに移り、水力技師や映画脚本家、文学教師として生計を立てていた。アルゼンチンの文学研究者ルベン・チャバードが文学研究のための奨学金を得てキューバに渡ったのはベルリンの壁が崩壊した年のことだった。彼

［1］本稿で言及される土地はアルゼンチン全域ではなく、ブエノスアイレスやラプラタ、ロサリオだが、その三都市を言い表す適切な固有名詞がないため、アルゼンチンという国名を用いることにした。

［2］ここで念頭に置いているのは、ルベン・ダリーオ（ニカラグア）、オルテガ・イ・ガセー（スペイン）、フランシスコ・アヤラ（スペイン）、イディッシュ語作家たち、ヴィトルド・ゴンブローヴィッチ（ポーランド）、ビルヒリオ・ピニェーラ（キューバ）、日系作家でアルゼンチン在住のアナ・カスミ・スタールなどである。

はポスト冷戦時代のハバナで、革命後に生まれた世代の若手作家たちと知り合い、そのなかにアントニオ・ホセ・ポンテがいた。交流を深めるうち、ポンテはチャバードに自分の書いたものを託し、チャバードはそれをアルゼンチンの研究者テレサ・バシーレに渡す。こうしてアルゼンチンにポンテの存在が知られたのだった。ポンテは一九九三年、ピニェーラ論『ビルヒリオの言葉（*La lengua de Virgilio*）』を出し、二年後にはキューバの批評賞を受賞しているから、体制とは問題を起こしていなかった。

しかしその彼も、九〇年代半ばからはキューバ国内での発言を控えるようになる。後で扱う一九九七年の『深遠なる食べ物（*Las comidas profundas*）』の初版はフランスで出し、フィクション作品もアメリカで出している（英訳版）。アルゼンチンの研究者との共著『空気の外套――キューバ文学についての試論（*El abrigo de aire: Ensayos sobre literatura cubana*）』（二〇〇一）がアルゼンチンでの初めての仕事である。この本には、おそらく初めてアルゼンチンに渡った彼のテキスト――九一年に書かれたレサマ＝リマをめぐる試論――と、表題作である、ホセ・マルティがニューヨークに残した外套についての試論が収められている。

二〇〇三年、ポンテはキューバ芸術家作家協会（UNEAC）から退会処分を受ける。二年後に行なわれたテレサ・バシーレによるインタビューで彼は、キューバ国内での立場について以下のように語っている。「キューバ人で私の本を読む人はほとんどいません。彼らは何年か前までに私が出版した本の読者ですが、それらの本はもう本屋にはありません。図書館にはあるかもしれませんが、キューバ人の読者は存在しないのです。読者は亡命キューバ人か、キューバ人ではない人たちです。私はキューバでは出版しません。最初は検閲、検閲委員会のことですが、それを避けて出版しないようにしました。その後災難があり、私に降りかかってきて、それはひとつの措置ですが、私はキューバで出版できなくなりました。キューバの雑誌でも発表できませんし、公に話すこともできません。講演をすることもありません。キューバに私が公に作家として活動できる場所はないのです。」[3]

国外での発表媒体は、一九九六年から亡命キューバ人がマドリードで出している『エンクエントロ』誌が中心になる。この雑誌は革命後のキューバ文化に起きていることについて、主に島を出た人たちが書き手となって論じている。そして二〇〇六年、ポンテはついにスペイン（マドリード）に亡命する。マドリードでは引き続き『エンクエントロ』に協力しながら、二〇〇九年に『エンクエントロ』が廃刊になると、今度は亡命キューバ人がウェブ版で出している『ディアリオ・デ・クーバ（*Diario de Cuba*）』の副編集長を務めることになる。[4]

生活の拠点はスペインにありながらも、アルゼンチンでは二〇〇八年にはポンテの研究書がテレ

---

［3］“Entrevista a Antonio José Ponte”, *KATATAY*, año 1, número 1/2, junio 2005, La Plata, p.32.

［4］ウェブ版のキューバ文化誌としては他に『ラ・アバーナ・エレガンテ（*La Habana Elegante*）』があるが、編集委員会の大多数はアメリカ大陸在住の知識人が占めている。

サ・バシーレを中心に編まれ、その二年後にはフランスで初版が出てからほとんど流通していなかった評論集『深遠なる食べ物』と、アメリカで英訳版が先に出ていた短篇集『放浪者のこころ（*Corazón de Skitalietz*）』が刊行された。どちらともアルゼンチンの研究者による解説が読解の手引きとしてついている。

このように、ポンテとアルゼンチンの研究者との交流はベルリンの壁崩壊のときに始まり、彼がキューバで細々と出版していた時期、国内では沈黙し国外での評価が高まる時期、そしてスペイン亡命後も続いている。そのあいだを通じてアルゼンチンではポンテが関わる出版物が次々に出ているのである。

『深遠なる食べ物』

ではアルゼンチンで出たポンテの本について見ておきたい。まずは再版された『深遠なる食べ物』である。タイトルが示すように、この本は食べ物を扱い、キューバ料理やキューバ伝来の食材に関する文献学的とも哲学的とも言えるような考察が展開される。といっても文献リストがついているような学術的な文章ではなく、エッセイ（試論）と言っていい。五十ページほどの小冊子で、ポンテ作品の入門として便利な本である。

ポンテはこの本を、キューバで食糧が不足していることをほのめかすところから書き始めている。彼のテーブルには、果物や肉の絵が描かれたビニールのテーブルクロスがかかっている。もちろん手に入らない食べ物ばかりだ。ポンテはテーブルに向かいながら食べ物についての空想にひたり、それを題材に書くことで空腹を満たそうとする。空腹を空想で埋めるというサヴァイヴァルは、日常の苦しみを笑い話（chiste）で忘れるキューバ人の現実の切り抜け方を思わせもするから、現実的な感覚が彼の出発点にある。

とはいえ、タイトル通り、話は深いところまで掘り下げられる。全六話のうち、第一話はパイナップルの話である。ポンテはパイナップルがスペインに運ばれたときのエピソードを想起し、読者を十六世紀セビーリャの宴に連れて行く。ポンテの想像力によって、ハプスブルグの王、カルロス五世とパイナップルの出会いがどのようなものであったのか、彼がパイナップルにどのように反応したのかがつづられる。

パイナップルとカルロス五世

カルロス五世は自分が統治する新大陸に足を踏み入れることはなかった。彼はその地から運ばれた宝物、人びと、食物によって新大陸を想像するしかない。そのなかでカルロス五世をもっとも魅了したのが、矛盾した内容が入りまじる噂を聞いたパイナップルだったので、現物と対面するのを心待ちにしていた。セビーリャの宴の会場に、新大陸から連れてこられた先住民やオウムや黄金と一緒に、パイナップルがいよいよ到着する。

地中海の庭園が彼ら［宴の出席者たち］を取り囲む。パイナップルの香りが、オレンジの木、キンバイカの木、香りをつけた水、ヤシの香りを抑え、城の庭園を浸す。（中略）カルロス五世はパイナップルをハプスブルグの鼻に近づける。その突き刺すような香りに目が回る。その香りを知覚するにはまるで大海を横断することが必要であり、その香りには横断にともなう風がすべて詰まっているかのようだった。皇帝が両手で抱えているものは帝国全体の空気なのだった。（中略）カルロスはパイナップルの荘厳さを発見し、かくなる香りは王にこそ相応しいと考えるに至った。パイナップルは果物のなかの王であり、カルロスは王のなかの王だった。

カルロス五世はスペイン中から食材を運ばせるほどの美食家だったが、パイナップルの「ひどく超越的な味」を味わう快楽は罪を犯すことに似ていた。良心の人カルロスはそれを味わうことができるだろうか。ポンテは以下のように記している。

彼［カルロス五世］は、自分がそれ［パイナップル］を一度でも食べるのに相応しくないことがわかっていた。というのは、［食べてしまえば］それを二度と手に入れることができず、これまでになく船の到着を気にかけながら余生を送ることになるからだ。（［チャールズ・］ラムが言うように、恋人のように噛みついてくる）パイナップルを食べることによって、母フアナの狂気の愛が自分に感染するのを彼は恐れたのだった。

皇帝とパイナップルのあいだには未知の大海が広がるだろう。
皇帝は偉大な君主が感じる悲しみに襲われる。隅々まで足を踏み入れることのできない領土をもった君主の悲しみである。とうとう皇帝はパイナップルに口をつけなかった。どの貴族が食べたのかを知ろうともしなかった。

このように、カルロス五世はパイナップルを食べてしまえば、狂気にとりつかれたようにパイナップルを欲しがり、自制心を失うのではないかと恐れて食べるのを寸前で拒否する。これが第一話で差し出されるエピソードである。パイナップルの拒否の場面でポンテは以下のように書き添えている。「キューバの食べ物は、カルロス五世が食べないそのパイナップルによって始まると言えるだろう」(傍点引用者)。

キューバ性の始まり

王とパイナップルとの対面は、支配者の王と、被支配地からもたらされた物との関係である。支配者は海の向こうの被支配地からもたらされた果物にさまざまな期待を寄せる。対面したとき、最初は酔うが、次第に戸惑い、最後は恐怖に変わり、食べることができない。ポンテは、支配者に食べられることを拒否したパイナップルに、キューバなるものの「始まり」を見ている。この始まりとは何だろうか。

パイナップルを味わう快楽が罪に似た快楽であるというのは、支配者がキューバの文化を食べ尽し、殲滅する快楽のことだろう。しかしその快楽を拒否するということは、キューバを食べ尽せないということだ。殲滅できない何かが、ヨーロッパが征服できない何かがあるからだ。それが「ひどく超越した味」であり、征服者の論理を越えた何かである。「ヨーロッパ全体どこに行こうが、周囲を何マイル行ったところで」、そのようなものはない。ヨーロッパにはないその「深遠さ」こそが、ポンテの言いたい「キューバ」である。

したがってこの文章では、ヨーロッパとは異なるものとしてのキューバの独自性を謳う思想がパイナップルを通じて訴えられている。第六話では島のオリエンテ（東方）に伝来する飲み物アリニャード（aliñado）のエピソードが語られ、本全体で「キューバ性」なるものが、ヨーロッパとは異なるものとして提示されている。

革命と芸術

この第一話の魅力は、ポンテがこの文章を通じて何を伝えようとしているのかという疑問に導かれるところにもある。パイナップルは何かのメタファーなのだろうか、この話は歴史的に事実なのだろうかと、ポンテの意図の解読に誘われるのだ。実際、ポンテ研究の第一人者であるテレサ・バシーレは解読に挑み、彼女はここに描かれるカルロス五世とパイナップルの関係を、政治権力と芸術（とくに文学）の関係と見ている。バシーレの解読を要約してみよう。

パイナップルの特徴には、「ひどく超越した（味がする）」、「パイナップルを味わうことは罪深いというのではないが、罪に似た快楽である」とあり、これはパイナップルを芸術のメタファーとしていることの証左である。パイナップルの殻は唇を傷つけかねない危険なものだが、これも芸術を味わうことの危険を意味している。芸術を味わうのは罪深い行為であり、その罪深さを「消化」できない恐れを抱いたがゆえに、カルロス五世はパイナップルに手をつけられなかったのだ。パイナップルはキューバ文学史では、フリアン・デル・カサル、ビルヒリオ・ピニェーラ、レサマ＝リマなどによってキューバ文化の象徴として描かれ、政治権力とは対立するものだった。その意味でもポンテの提示するパイナップル＝芸術、カルロス五世＝政治権力の対立は明確である。強欲な政治権力はいかなるものにも支配の手を伸ばし、一方、「深遠な」芸術はそこから逃れようとする。カルロス五世がパイナップルを食べるのを拒否したことは、権力側による芸術の拒否のことを指す。権力とはキューバ革命政権のことであり、芸術とは革命政権によって拒否された芸術家集団のことである。もちろん書き手のポンテもまた拒否されたパイナップル（芸術）の側にいる。そして拒否されたものこそが「キューバ」なのである……

この解釈は革命以降の政治と文化の関係を考えると、とても説得力がある。革命政権は芸術家を、検閲などを通じて抑えこんできた。ポンテがどこかでその緊張関係をほのめかしておきたいと考えることは、先に引用したインタビューを踏まえても、十分にあり得る。バシーレの解釈は、ポンテが直截的には書かず、レトリックを用いて書いたその意図を読み取ったものと言えるだろう。

偽書としてのパイナップル話

レトリックに満ちたこの文章のもうひとつの魅力＝深遠さは、パイナップルをめぐる話が歴史的に事実なのかどうかがわからない点にもある。キューバの「始まり」が真偽の定かでない、ぼかされた形で提示されることで、読者はその不確かさのなかに宙づりにされてしまうのだ。というよりも、読者を宙づりの状態に置くことにこそ目的があるようにも見える。この文章ではカルロス五世の人となり、パイナップルの描写に力点が置かれ、それは真実味を帯びさせる。一方で、その一切がポンテの空想の産物のような印象も十分に備わっている。どうしてポンテはこのように惑わせる書き方をしたのだろうか。バシーレの解釈を踏まえたうえで、ポンテが革命政権に対してほのめかしたもうひとつの事柄の読み解きを行なってみたい。

一九六四年生まれのポンテは、時代からいって「キューバ革命」以降の作家である。彼が受けた教育は革命後の教育制度であり、そこで教えられるキューバ文学史は公的（official）なものであり、革命にとって都合のいい作家たちや作品たちが、革命の文化教育に都合よく編成されている。文学は一元的に管理され、多様な読みは一応ありえない。革命側の作家が尊重され、反革命側の作家は尊重されない。この方針は過去の文学者にも応用される。独立戦争のときに行動した作家ホセ・マルティが賞揚され、行動しなかった作家フリアン・デル・カサルは賞揚されない。「革命的な真実」に満ちた公的なキューバ文学史が「正典」なのである。

このことを踏まえれば、戸惑いを起こさせるポンテの偽書としての「パイナップル話」は、そういう微動だにしない「正典」を脱コンテクスト化するような文章である。静止した「キューバ文学史」に対し、ポンテの提示するキューバの「原点」は、真偽の定かではない、真実と嘘のあいだを行ったり来たりする動的な「キューバ性」にある。信じるか否かは読者の判断に任されている。嘘だと思えばそれでもいい。本当だと思えばまたそれでもいい。正典を真似て揺るぎない真実を書いたかのように見えるときもあるし、正典を挫くようにどこかに罠を仕掛けて書いたように見えるときもある。その二重性は実に巧みだ。

この文章を書いたときポンテはキューバ国内にいた。パイナップルを通じて拒絶されている芸術家をほのめかし、また革命文学史に揺さぶりをかける。革命政権によって編成された正典を、内側から内側の言語を使って解体しようとしているようでもある。こうして見れば、ポンテの試みは旧イギリス、フランスの植民地作家たちのポストコロニアル文学と通じるところがあるとも言えるだろう。ポンテにとって「革命政権の時代」こそ読み替えなければならない「帝国の時代」なのである。

短篇集『放浪者のこころ』

フィクション作品としては、『放浪者のこころ（*Corazón de Skitalietz*）』という表題作を含む短篇集が、やはり二〇一〇年に出ている。Skitalietz という単語はロシア語で放浪者の意味らしいのが表題作を読むと分かる。

「来る途中（*Viniendo*）」という短篇は、ソ連留学体験をもつキューバ人を描いたものだ。恋人同士の二人を中心に、ソ連体験のある人物が次々に出てくる。留学中にソ連が消滅し、キューバも変わり、恋人関係も解消した。彼らは留学が終わった時点で祖国に戻るべきか否か迷い、それぞれ異なる経路をたどる。

この話から漂うのは、戻るべき中心を失ってしまい、彷徨するキューバ人の寄る辺ない感覚である。主人公のうち男のほうは、ソ連に残る方法を探してみても妙案がなく、帰ることにするが、結局「流刑」だと思いながら帰路につく。ルームメイトの男は船旅で帰ることにするのだが、それは「遭難」してしまいたいからだった。

故郷を離れているあいだに戻るはずの故郷を喪失したため、故郷に戻っても戻った気がしない。実際、帰国しても「途方に暮れた気がする」。ソ連への留学生を多く抱えていたキューバで、そういう苦悩をもったキューバ人は少なくはなかっただろう。キューバ国内でも、ソ連との関係が変わったため人生が変わる人がいる。ロシア語の教師や生徒である。主人公はロシア語の家庭教師のもとに帰国の挨拶に行ってみたが、そこで紹介されたロシア語を学ぶ若者はロシアに留学するつもりはない。教師もロシア語教室を畳むことにしている。

故郷喪失した人びとのなかにはキューバに戻らない人もいる。主人公の女の方は男と別れたあと、ソ連で中国人の女と暮らし、インド映画を見ては甘いものを食べ、体重も増えて性格も変わる。そしてアラブ系の男たちとキューバではないどこかへ消えていく。もはやキューバ人であることをやめるのである。

キューバ人にとって戻るはずの中心は革命であるが、この短篇からはその革命が終わってしまった感覚が伝えられる。短篇内のどこにも革命が終わったとは書かれていない。また、革命への幻滅や無意味さや他の国々への憧れ、亡命への意志もほのめかされていない。元恋人はキューバ人であることをやめ、消えてしまっただけである。この小説はソ連を失ったキューバ人の哀しみを描いているように読める。そう読めば、ポスト冷戦時代のキューバ人の現実的な感覚を描いた小説である。にもかかわらずここには、間違いなく訪れるはずのポスト・キューバ革命の時代に生きる人びとが、つまり革命が失敗に終わったあとの人びとのディアスポラがすでに予感されてさえいる。根無し草として生きる人びとの底なしの不安が顔をのぞかせているようにも見える。その意味では危険な小説かもしれない。パイナップル話で見たような二重性に似て、この小説をどう読むかは読者の判断に任されている。原題の「Viniendo」とはvenir（来る）の現在分詞形である。ソ連に留学したキューバ人が帰って「来る途中」という意味にとっていいだろう。しかし、ポスト・キューバ革命の時代が「来る途中」のようにもとれる。キューバは変わりつつある。その移動の途中にある。現在分詞形はそういう流動性を的確に言い表している。

アルゼンチンにおけるカリブ文学の研究動向

以上のように、アルゼンチンで刊行された『深遠なる食べ物』と『放浪者のこころ』はともに、キューバ革命そのものを疑問に付すようなものではなく、むしろ現実的な感覚を出発点にポスト・キューバ革命の時代を見据えた内容になっている。これらの物語をポンテはキューバ国内で書いていたが、国内では出版せずにアルゼンチンでの出版に賭けた。このことは、ポンテがすでにキューバにいながら、アルゼンチンに「亡命」していたことを示しているだろう。ポンテより半世紀近く前にアルゼンチンを文学的な亡命地としたのは、ポンテが最初に取り組んだ作家であるビルヒリオ・ピニェーラだった。ピニェーラはアルゼンチンで、キューバでは叶わなかった自分の短篇集や小説を出版した。アルゼンチン時代に残した多くの仕事によって彼は作家としての足場を築くことができたのである（本書第二章を参照のこと）。キューバの同じ地方に生まれたポンテがアルゼンチンで短篇や評論集を出すとき、ピニェーラのことを思い出しているに違いない。

亡命キューバ人の拠点と言えば、マイアミとマドリードが群を抜いて大きい。しかしポンテの経緯を見ると、アルゼンチン（とくにブエノスアイレス周辺）も拠点のひとつになっている。見方を変えれば、アルゼンチンにキューバの作家や作家研究の環境が整っているということでもある。ここからはアルゼンチンにおけるキューバを含むカリブ文学の研究動向を追い、ポンテを取り巻く環境を見ておきたい[5]。

カリブ研究班誕生

二〇〇五年、カリブ文学研究について複数の動きがあった。

まず、ブエノスアイレス大学のイスパノアメリカ研究所に「カリブ研究班（Grupo de estudios

caribeños)」が誕生した。研究班のリーダーを務めるのは、ブエノスアイレス大学（UBA）のラテンアメリカ文学研究者で、現代ラテンアメリカ文学について数多くの研究書を出しているセリーナ・マンソーニである。研究班は研究会や読書会を開き、またラテンアメリカ各地の研究者とのネットワークを築いている。マンソーニと数名の若手研究者から成るこの研究班が中心となって、カリブ論集を二冊出すことになる。

一冊目は『沈黙の記憶（*Memorias del silencio*）』（二〇一〇）といい、文学研究書の出版で名高いコレヒドール出版（ブエノスアイレス）から出ている。もう一冊の論集は『島と詩学――カリブの文学者（*Ínsulas y poéticas: Figuras literarias en el Caribe*）』（二〇一二）である。前者はカリブ地域だけでなく、中央アメリカの作家（セルヒオ・ラミレス、アウグスト・モンテロソ、オラシオ・カステジャーノス・モヤ）やベネズエラといった、これまであまり取り上げられることのなかった地域の作家も扱い、カリブ地域からはエメ・セゼール論、ジャメイカ・キンケイド論が収録されている。しかしこの論集で注目すべきは巻頭にエドゥアール・グリッサン（マルチニーク）とカマウ・ブラスウェイト（バルバドス）の対話（一九九一年にメリーランド大学で行なわれたもの）のスペイン語訳が収められていることで、

［5］筆者は二〇一二年四月から一年間ブエノスアイレスに滞在し、研究調査を行なった。本章はその成果のひとつである。

スペイン語圏のカリブ研究者にとって貴重な内容となっている。

この論集を出版したコレヒドール出版は、二〇一二年、エドゥアルド・ラロ（プエルト・リコ）の『シモーヌ（*Simone*）』（二〇一三年のロムロ・ガジェゴス賞受賞作）を皮切りに、カリブ文学コレクション「カリブ群島（Archipiélago Caribe）」をスタートさせた。スペイン語圏に限らず、カリブの文学を古典から現代まで、エッセイ、小説、詩も含めて研究者による解説付きで出版するとのことである。今後どのような作品がコレクション入りするのか注目に値するが、このコレクションの編者は先のカリブ研究班のメンバーである。したがって研究班の成果とも言えるだろう。

研究書、雑誌、人的交流

研究書の出版ではポンテの本も出版しているベアトリス・ビテルボ出版が有名だ。ボルヘスの作中人物にちなんで名付けられたこの出版社はアルゼンチン第三の都市、ロサリオに本社がある。マヌエル・プイグやセサル・アイラなどアルゼンチン文学に限らず、スペイン語以外の外国文学の翻訳書も出している。

二〇〇五年、この出版社からカリブ文学を論じたものとして、マリア・フリア・ダローキ『ヘテロフォニーの記述——二十世紀カリブの小説（*Escrituras heterofónicas: Narrativas caribeñas del siglo XX*）』が出た。この本では、英語で書くエドウィージ・ダンティカ（ハイチ）やフランス語で書くマリーズ・コンデ（グアドループ）、スペイン語圏からはリノ・ノバス・カルボ（キューバ）、エドガルド・ロドリゲス・フリアー（プエルト・リコ）が分析の対象となっている。カリブ世界を把握するための理論的な枠組みとしては、フェルナンド・オルティス（キューバ）、アンヘル・ラマ（ウルグアイ）、ガルシア・カンクリーニ（アルゼンチン）、グリッサンといった面々が参照される。

ダローキの研究の主眼は、暴力を記憶する装置として小説を分析することにある。ハイチ人が虐殺された事件を描いたダンティカの『骨狩りのとき』と、プレストル・カスティージョ（ドミニカ共和国）の歴史小説が比較検討されたり、セイラムの魔女裁判を扱ったコンデの『私はティチューバ』が分析される。文献リストを見ると、ダンティカやコンデの小説は、スペイン語に翻訳された文献が参照されている。カリブ地域の小説がいくつか取り上げられていくうちに、タイトルにあるヘテロフォニーの概念がつかめてくる。著者は、異なった言語（ヘテロ）で語られるカリブ共通の物語の響き（フォニー）をカリブ文学として捉えているようだ。

二〇〇五年には、専門的な文芸誌としてラテンアメリカ文学批評誌『カタタイ（*KATATAY*）』も創刊された。先に引用したポンテのインタビューが掲載されたのはこの雑誌である。「カタタイ」とはケチュア語で「震え」を意味し、ホセ・マリア・アルゲーダス（ペルー）がスペイン語の詩のタイトルにつけているところからとられた。一年に二回出す予定だったようだが、一年一号に落ち着いている。判型はA４版と大きく、百五十ページ以上のボリュームがある。毎号いくつかの地域や作家に絞った特集が二、三本組まれ、作家論や作品論、作家へのインタビューがまとまっている。特集のほかに文学研究書の書評、発掘された古典の一部などが掲載されている。

この批評誌は創刊以来、カリブ地域の文学に関する特集を組むことが多い。スペイン語圏で見ると、1／2号（二〇〇五）は「新しいキューバ評論（Nuevo ensayo cubano）」と「ニューヨリカンの詩（Poesía niuyorriqueña）」、3／4号（二〇〇六）は「プエルト・リコ群島（Archipiélago puertorriqueño）」、6号（二〇〇八）は九〇年代のプエルト・リコ文学、8号（二〇一〇）はキューバ作家ペドロ・フアン・グティエレスの特集といった具合である。プエルト・リコ文学への注目度が高いが、7号（二〇〇九）では仏語圏と英語圏のカリブ文学にも目を向けている。仏語圏作家たちによるサルコジ宛の宣言書（「フランコフォニー」ではなく、「文学―世界」という名称を使うように要請する内容）が翻訳され、それに対する当局からの回答、また、翻訳者による解説が掲載されている。また、英語圏カリブのブラスウェイトの特集があり、ブラスウェイトの評論と詩の翻訳およびブラスウェイト論が二本載っている。

この雑誌でブラスウェイト論を書いている研究者フロレンシア・ボンフィグリオは、カタタイ出版（雑誌『カタタイ』を出しているのと同じ出版社）から、ブラスウェイトの評論集『海の下の統一（*La unidad submarina*）』（二〇一〇）を出版している。この評論集には、ブラスウェイトの博士論文の一部「ジャマイカ奴隷の民俗文化」と「声の歴史――英語圏カリブ詩における国民言語の発展」が収められ、ボンフィグリオによる丁寧な解説とブラスウェイトのインタビューも併録されている。

エテルナ・カデンシア出版（ブエノスアイレス）は二〇〇八年に創業したばかりの出版社である。カリブ文学の名を掲げたコレクションはないものの、日本の白水社と同名の「エクス・リブリス（Ex

Libris)」というシリーズがあり、[6] 短篇集『未来は我々のものではない（*El futuro no es nuestro*）』にはプエルト・リコ、ドミニカ共和国、キューバの女性作家の短篇が収められている。[7] この短篇集は若手作家を中心に、ある程度一貫した編集方針でまとめられているため、短篇集としての完成度が高い。今後、何らかの形で日本でも紹介されてしかるべき作家たちである。

こういう文献に出会うには、ブックフェアや文学祭、あるいは学会が欠かせない。ブエノスアイレスでは例年四月から五月にかけて国際ブックフェア（Feria Interancional del Libro de Buenos Aires）が開かれ、九月には小規模ながら国際文学祭（Festival Internacional de Literatura en Buenos Aires）が開かれる。開催期間中は研究者や作家による講演会、朗読会、ラウンドテーブルなどが市内のあちこちで行なわれている。ブエノスアイレス近辺の学会としては、ブエノスアイレス大学が二年ごとに開く学会（二〇一二年の場合、十一月二十七日から十二月一日）と、ブエノスアイレスからバスで一時間ほど行ったラプラタ市にあるラプラタ大学が三年ごとに開く学会（二〇一二年の場合、五月七日から九日）があり、アルゼンチン中の文学研究者が発表に訪れる。プログラムを眺めるだけでも大まかな研究動向

［6］クレア・キーガンの『青い野を歩く』はどちらの「エクス・リブリス」にも入っている。
［7］そのうちのひとり、キューバのエナ・ルシーア・ポルテラの「ハリケーン Huracán」は邦訳されている（『群像』二〇一一年十一月号掲載）。

は確認できる。

スペイン語圏カリブと英仏語圏カリブの対話の可能性

このような研究動向のなかでとくに注目に値するのはブラスウェイトとグリッサンの対話であり、スペイン語圏カリブと英仏語圏カリブの差異を考えるうえで大きな示唆を与えてくれる。

ひとつは、スペイン語の criollo/criolla と、英語圏の creole・仏語圏の créole との差異の問題である。対話を翻訳したチリ人研究者の指摘によれば、スペイン語の criollo は "i" が含まれることで crianza（飼育、養育）という単語に近く、一方、英語の creole（および、フランス語の créole）は "e" があることで creación（創造）、creencia（信念、信条）という単語に近い。このことから、スペイン語圏のクリオーリョは民衆を「育てる者」としての意識が強かったということがわかる。彼らは西洋との連続性を追い求め、他のカリブ地域よりも西洋化が激しかったのである。

そのことから導かれるもうひとつは、民衆文化との距離の違いである。英・仏語圏植民地において民衆文化は知識人と有機的な関係にある。それを示すのが、対話でブラスウェイトが説明する「国民言語」であり、グリッサンの「クレオール語」である。この言語が知識人と民衆のあいだをつなぐ回路となっている。一方、スペイン語圏植民地では、知識人はエリートで、民衆文化との距離がある。彼らクリオーリョ・エリートは民衆の教化に励み、それが影響してスペイン語圏カリブの「クレオール語」はコロンビアのカリブ地方の一部を除いてほとんど消滅してしまった。

そして導かれるのは、知識人のカバーする領域の違いである。スペイン語圏カリブから、ブラスウェイトやグリッサンの対話に加わって持論を展開できるような人物は誰だろうか。ブラスウェイトもグリッサンも思想と文学の双方をカバーできる力量があるが、キューバの人類学者フェルナンド・オルティスには文学の仕事がなく、キューバの詩人ニコラス・ギジェンには思想面の仕事がない。以下の図は、どのジャンルに仕事を残したかを○と×で示したものである。知識人が民衆と離れ専門分化してしまったことにより、スペイン語圏カリブでは複数のジャンルにまたがって仕事をする人が少ないのかもしれない。

	思想	文学
英語・仏語圏		
ブラスウェイト…	○	○
グリッサン…	○	○
スペイン語圏		
フェルナンド・オルティス…	○	×
ニコラス・ギジェン…	×	○
アントニオ・ホセ・ポンテ…	○	○

その点でアントニオ・ホセ・ポンテは対話に参加できるひとりのように思われる。キューバ性を構想する思想的な試論があり、それは先に見たように、英・仏語圏のポストコロニアルと通底している。また文学ジャンルではディアスポラ感覚に満ちた小説がある。他のカリブ地域の文学との類似と差異に迫るときにポンテの作品は有用な参照例になるだろう。

終わりに

本論ではまず、アントニオ・ホセ・ポンテとアルゼンチンとのつながりとアルゼンチンで出版されたポンテの作品を分析した。その結果、アルゼンチンが彼にとっての「亡命地」であると言えるだけの背景は確認できた。後半では彼を受け入れる土壌となるアルゼンチンのカリブ文学研究の動向を追った。見たように、アルゼンチンではスペイン語圏のカリブ文学もさることながら、英・仏語圏の研究も進みつつある。カリブ文学の研究グループは成果をいくつかの形で出し、研究者のネットワークを築いている。学会や文学関係のイベントなどを通じて研究者や作家の交流も盛んである。雑誌や単行書の出版活動のなかでもカリブ文学は一定の地位を占めている。

とはいえ、スペイン語圏カリブの作家のほうが英・仏語圏カリブの作家よりも多様な面から論じられている。ポンテ以外のカリブの作家でアルゼンチンが亡命地となっているのは、やはりスペイン語圏のプエルト・リコの作家である。英・仏語圏のカリブ作家にとってアルゼンチンが目に入っているのかどうかは分からない。しかしアルゼンチンのこうしたカリブ文学研究の土壌から、ポンテひとりを亡命キューバ人として特別に受容しているわけではないことがわかる。アルゼンチンでは他のカリブ地域の作家が取り組む問題群と参照できるような作家としてポンテを読み進めることが可能になっている。

本稿で言及する出版社（ウェブ版も含む）、学会、イベントの公式URLは以下のとおり（最終アクセス日はすべて二〇一八年一月二十二日）。

ベアトリス・ビテルボ出版　Beatriz Viterbo Editora（https://www.facebook.com/bveditora/）
カタタイ出版　Ediciones Katatay（http://www.edicioneskatatay.com.ar/）
コレヒドール出版　Ediciones Corregidor（https://www.corregidor.com/）
エテルナ・カデンシア出版　Eterna Cadencia Editora（http://www.eternacadencia.com.ar/）
ブエノスアイレス国際ブックフェア　Feria Internacional del Libro de Buenos Aires（https://www.el-libro.org.ar/）
ブエノスアイレス国際文学祭　Festival Internacional de Literatura en Buenos Aires（http://filba.org.ar/）
ブエノスアイレス大学国際文学会　Congreso Internacional de Letras（http://cil.filo.uba.ar/）
ラプラタ大学国際文学会　Congreso Internacional de Orbis Tertius（http://citclot.fahce.unlp.edu.ar/）
カリブ研究班　Grupo de estudios caribeños（http://grupocaribe.blogspot.jp/）

ディアリオ・デ・クーバ　Diario de Cuba（http://www.diariodecuba.com/）
エンクエントロ　Encuentro de la Cultura Cubana（https://www.cubaencuentro.com/revista/revista-encuentro/）
ラ・アバーナ・エレガンテ　（http://www.habanaelegante.com/）

第三部　冷戦後のキューバ文学

第七章
「革命文学」のゆくえ

プロローグ：回顧

キューバ人小説家・映像作家のエドゥアルド・デル・ジャーノの短篇「叙事詩（Épica）」から始めよう。

中年男性ニカノール・オドネルは二〇一四年の現在にはロマンがなく退屈している。そこで革命の偉業と熱狂を体験したくてタイムマシンを入手し、旅に出ることにする。識字運動に参加して父親に字を教えてやったり、自分が生まれる瞬間を見て写真に撮ったり、ヒロン海岸侵攻事件（ピッグス湾事件）やミサイル危機時には武器を手に活躍したりする。そんな彼が次に選んだのは一九六〇年九月、第一次ハバナ宣言に立ち会うことだった。

早めに着いたため、時間潰しにたまたま入ったバーで隣り合わせた男と話をする。自分が二〇一四年から来た時間旅行者であることを打ち明けると、男は最初疑っていたが、次第に信じ始めたので、二十一世紀までのあいだキューバがどういう流れをたどったのかについて語って聞かせる。ベルリンの壁の崩壊や近年のハバナの状況を伝えると男は泣き出す。そろそろバーを出ようとしたところで、ニカノールだと自己紹介をする。男は「ビルヒリオ・ピニェーラ」だと名乗る。そして「ピニェーラ」は聞く。一九六〇年より後、芸術と文学はどうなったのか、批判的で開かれた時代が来たのか、と。ニカノールは第一次ハバナ宣言に間に合わない覚悟で男に語り始める。

物語はここで終わり、ニカノールが何を語ったのかは明らかではないが、そこで語られるはずのことは、革命の文化政策とその帰結である。歴史が知っているように、ピニェーラはそれに巻き込まれ、粛清される。この物語の主題の一つは、SF小説にあるように、読者の方が未来をあらかじめ知っていて、ただ一人物語の当事者だけが知らない、その圧倒的な情報の非対称性と落差を示すことにある。そこに笑いと悲しみが生まれる。

だが、この小説がそうした効果に加えて示しているのは、革命の文化政策を、二〇一四年の今、振り返る必要があるということだろう。この短篇は、物語では語られないその過去を読者自らが再構成することを促している。

デル・ジャーノの作品は創作作品（この短篇は本人によって映像化もされている）[1]を通じてこの作業を主題化したが、キューバ内外の研究者が文化政策を革命当初に振り返って回顧することは二十世紀後半、特に一九九〇年代以降（ベルリンの壁崩壊以降）盛んで、氾濫していると言ってもいい。特に文化政策を巡っては多くの文献を挙げられる。[2]

その中で特に有名なのは、二〇〇七年に出た『革命期の文化政策――記憶と反省（*La política cultural del período revolucionario: Memoria y reflexión*）』であろう。二〇〇七年一月、キューバのテレ

［1］https://www.youtube.com/watch?v=7GfAjaz1OX4&t=621s

［2］例えば以下のような文献。Rojas, Rafael, *Tumbas sin sosiego: Revolución, disidencia y exilio del intelectual cubano*, Anagrama, Barcelona, 2006. *La política cultural del período revolucionario: Memoria y reflexión*, Ciclo de conferencias organizado por Centro Teórico-Cultural, La Habana, 2007. Gremels, Andres/ Roland Spiller (Eds.), *Cuba: La Revolución revis(it)ada*, Narr Francke, Tübingen, 2010. Fornet, Jorge, *El 71: Anatomía de una crisis*, Letras Cubanas, La Habana, 2013. Díaz Infante, Duanel, *La Revolución congelada: Dialécticas del castrismo*, Verbum, Madrid, 2014. Gordon-Nesbitt, Rebecca, *To Defend the Revolution is to Defend Culture: The Cultural Policy of the Cuban Revolution*, PM Press, Oakland, 2015. Ramírez Cañedo, Elier (Compilación), *Un texto absolutamente vigente: A 55 años de Palabras a los intelectuales*, Unión, La Habana, 2016.

ビ局が、七〇年代の粛清や検閲をすすめた張本人であるルイス・パボン・タマヨ（七一年から七六年まで国立文化評議会［Consejo Nacional de Cultura］[3]議長）の活動を賞賛する内容の番組を放送したことに端を発し、島の内外で抗議の声が即座に上がり、反論の場として一連の講演会が催された。この本はその講演会での発言をまとめたものである。評論家で「灰色の五年間（Quinquenio gris）」の命名者と言われるアンブロシオ・フォルネーや小説家のアルトゥーロ・アランゴなどの発言が収められている。

革命文学の「正典」

では二十一世紀になってますます振り返られることになる革命の文化政策の当初の目的は何だったのか。ここではそれを、革命文学の「正典」を作り出すことにあったと考えてみたい。

キューバ革命政権は革命成就後、識字運動（一九六一～六二）を通じて国民に文字を与えるとともに、各種文化機関・芸術家養成機関（国立文化評議会［一九六一～一九七六］、カサ・デ・ラス・アメリカス［文学・文化機関、一九五九～］、キューバ映画芸術産業庁［ICAIC、一九五九～］、国立芸術学校［ENA、一九六二～］）を次々に設立した。これらの組織を通じ、芸術文化の育成が重視され、芸術は国民に等しく与えられた。

芸術の中身については、チェ・ゲバラが芸術における「社会主義リアリズム」を論じたように、公式芸術をめぐり議論が行われた。[4]公式芸術こそ導入されなかったものの、芸術をめぐるフィデル・カストロの有名な宣言「革命の枠内に入っていればよく、反革命的なものは何も認められない（Dentro de la Revolución, todo, contra la Revolución, nada)」がその後の文化政策の指針になった。この表現こそは、「正典」の創造を念頭において発せられたものと解することが可能だ（革命文学（史）のメタナラティブとして機能した）。

この標語はさらに、革命芸術を同時代のキューバ人に向けての「呼びかけ」となるように求めたものでもあった。芸術は革命イデオロギーと一体化し、呼びかけられたキューバ人はイデオロギーに従属する主体「新しい人間」として目覚めるわけである。[5]

こうして出てきた芸術作品が先の各種機関と両輪をなす。

［3］七六年にこの組織はなくなり、新たに設立された文化省（Ministerio de Cultura）が引き継ぐ。

［4］エルネスト・ゲバラ「キューバにおける社会主義と人間」『ゲバラ選集４』、青木書店、一九六九年、一七三–一八九頁。ライト・ミルズ『キューバの声』（みすず書房、一九六一年）の中でも、革命が芸術表現の自由を制限する可能性は高いと報告されている（二三三–二三四頁）。「社会主義リアリズム」については、望月哲男「社会主義リアリズム論の現在」（『岩波講座　文学10』、岩波書店、二〇〇三年、九三–一一一頁）を参照。

［5］ルイ・アルチュセール『再生産について――イデオロギーと国家のイデオロギー諸装置』平凡社、二〇一〇年を参照。

このとき、「革命文学」は「スペイン語」で書かれなければならなかった。識字運動が「スペイン語」の識字化であったことを考えれば、文字・言語がスペイン語以外になることは想定されていない。一九四〇年憲法を下敷きにして一九五九年二月七日に制定された「キューバ共和国基本法」の第6条には「共和国の公用語はスペイン語である。(El idioma oficial de la República es el español.)」と書かれている。映画『ルシア』(ウンベルト・ソラス監督)で、識字教育者がルシアに対し、「アルファベットって何?」と聞くと、ルシアが覚えたての知識で「スペイン語の文字のまとまりです」と披露する場面を思い起こしておきたい。

こうして書かれた「正典」としては、ホセ・ソレル・プイグの『ベルチリヨン166』[6]、ミゲル・バルネの『逃亡奴隷の伝記』(邦訳『逃亡奴隷』)、マヌエル・コフィーニョ[7]といった作家・作品があげられる。映画でも、先に言及した『ルシア』は、独立戦争、独立後の政変の続く時代の苦難をへて、三人目に登場するルシアが一九六〇年代に幸せを摑む展開から、キューバ版「社会主義リアリズム」の流れに連なるものと言える(グティエレス=アレアの『革命の物語』も同じ構造である)。

その後、モダニズムの実験芸術や倫理性の逸脱を標的に粛清が行われ、キューバ文学は「灰色の五年間」を迎えるが、革命文学の「正典」は引き続き書かれていた。その主戦場となったのが、「警察小説」というジャンルである。

文芸評論家のホセ・アントニオ・ポルトゥオンド[8]によって「革命的警察小説(La novela policial revolucionaria)」と命名されたそのジャンルは、一九七二年、内務省(Ministerio del Interior)主催の文学賞が設けられて公式に着手され、一九七三年に最初の受賞者が誕生している（ポルトゥオンドは審査員を務めている）。

私的な犯罪捜査ではなく、国家の敵が犯す犯罪が主題で、捜査するのは私立探偵ではなく、警察官（バティスタの独裁に抗して蜂起した経験があったりする「英雄」）と有能な部下、そこに革命防衛委員会（CDR）が加わる。革命の価値と規範（＝善）を体現する国家治安局や警察が捜査を行い、反革命運動やＣＩＡのスパイによる革命政府転覆（＝悪）を暴くといった、「健全」かつ、革命に対する「肯定的」なストーリー展開になっている。こうした小説が当時出版された小説のうちの三割を占めるほどになる。パディーリャ、ピニェーラ、カブレラ＝インファンテらが文壇から消えるとともに、このジャンルが「社会主義リアリズム」、「アンガージュマンの文学」の役割を担った。このジャ

［6］ホセ・ソレル・プイグ『ベルチリヨン１６６――キューバ革命の一日』飯田規和訳、新日本出版社、一九六三年（原書は一九六〇年刊行）。日本語に翻訳したのがロシア文学者の飯田規和であることはこの作品が日本に紹介されたルートを示している。

［7］例えば短篇では、Cofiño López, Manuel, "Tiempo de cambio", *La insula fabulante*, Letras Cubanas, La Habana, 2008, pp.221-223.　あるいは長篇、*La última mujer y el próximo combate*, Siglo XXI, México, D.F., 1972 (1971). など。

［8］ハバナ大学で博士号。その後コレヒオ・デ・メヒコでアルフォンソ・レイエスのもとで研究。

ンルの隆盛をキューバにおける反知性主義であると分析する人もいる。

ウルグアイ出身でキューバに渡ったダニエル・チャバリアは一九七七年に内務省主催のその文学賞を受賞している。邦訳にもアメリカ探偵作家クラブ賞を受賞した『バイク・ガールと野郎ども』(二〇〇二、早川書房)がある。この作家がハバナ大学で教鞭をとっているときの教え子の一人にレオナルド・パドゥーラがいる。[9] その後パドゥーラは、東側ブロックが崩壊した八九年の四季を描いた「マリオ・コンデ四部作」をキューバ版ノワールとして展開させる。一九五五年生まれの彼はまさに「正典」育成の中から育った革命エリートなのである。

正典の行き詰まりと「キューバ文学は一つ」

このような「正典」の創造は修正を余儀なくされる。大きな原因は一九八九年のベルリンの壁崩壊と、それ以前から成長していた島の外での「キューバ文学」の爆発的流行だろう。島の内側ではそれに伴って、何を「正典」とするのかについて解釈の変更が進められる。
この点については、ラファエル・ロハスが、革命以前のキューバ作家の取り扱いの変遷を追っている。ロハスは、革命以前からすでに活躍していた「過去」の作家の顕彰に関する線引きが、九〇年代に入って動いていることを指摘している。このことは「正典」の行き詰まりをあらわすものだ。[10]
ロハスは触れていないが、国外の同時代のテキストの取り扱いにも変化が見られる。以下に見るように、九〇年代に入り、島の外の同時代のテキスト、革命以降に書き始めた作家たちのテキストのキューバ文学への包摂が進められる[11]。

　これらのテキストは書き手、内容、形式が多岐にわたる。生まれてすぐに米国に移住したクリスティーナ・ガルシア（一九九二年、『キューバ語で夢を見る（*Dreaming in Cuban*）』が全米図書賞の最終候補作。邦訳作品に『ユミとソールの十か月』作品社）、ニューヨーク生まれのキューバ系アメリカ人オスカー・イフェロス（一九九〇年、『マンボ・キングズ、愛のうたを歌う』でピュリッツァー賞受賞）といった英語作家。あるいは革命後マイアミに渡り、スペイン語だけでなく英語でも書くロベルト・G・フェルナンデスなどの存在である。

　彼らをキューバ文学に包摂したのはおそらく、先に言及した文芸評論家のアンブロシオ・フォルネーである。彼の仕事には、二〇〇〇年の『取り戻された記憶（*Memorias recobradas*）』[12]がある。これは、一九九三年から五年にかけてキューバの文芸誌『ラ・ガセタ・デ・クーバ（*La Gaceta de Cuba*）』

［9］Wilkinson, Stephen, *Detective Fiction in Cuban Society and Culture*, Peter Lang, 2006, p.144.
［10］詳細は本書第四章参照のこと。
［11］島の外の作家たちを集めた短篇集としてキューバで出版されたものに以下の本がある。*Isla tan dulce y otras historias: cuentos cubanos de la diáspora*, Letras Cubanas, La Habana, 2002.
［12］Fornet, Ambrosio, *Memorias recobradas: Introducción al discurso literario de la diáspora*, Ediciones Capiro, Santa Clara, 2000.

に掲載された島の外のキューバ作家によるテキストを、「キューバ・ディアスポラ文学」アンソロジーとしてまとめたものである。ここには前述のクリスティーナ・ガルシアやロベルト・G・フェルナンデスの文章も収められ、「テーマとしてのディアスポラ」と題したアンブロシオの講演録が併載されている。アンブロシオは講演の中で、革命以降の移民や亡命をテーマにした作品について、島の外（特にマイアミ）と島の内双方の文学と映画の例をあげ、五九年以降も間断なく行われた作家たちの交流史にも触れている。

この本を成立させ、出版する原理としてアンブロシオが使っているのが「キューバ文学は一つ」という標語である。島の外で書かれたものであれ、内で書かれたものであれ、「キューバ文学は一つ」。この標語については後述する。

一九九〇年、キューバ文学にゲイ男性が登場する（セネル・パス「狼と森と新しい人間」、邦題『苺とチョコレート』）。同じ一九九〇年、映画『『不思議』村のアリシア（*Alicia en el pueblo de Maravillas*）』が製作・公開されている（『*P.M.*』に匹敵する論争を呼んだ）。この映画の脚本に参加したのが、モスクワ生まれでハバナ大学を卒業したエドゥアルド・デル・ジャーノ、冒頭でとりあげた短篇作家である。キューバ人日常生活の不条理や政治体制を風刺する内容の作品を書く彼が、作家としての活動に入るのが九〇年代前半である。

一九八九年、父親がキューバ人、母親がロシア人でソ連育ちのアナ・リディア・ベガ・セローバはソ連からキューバへ渡った。母と別れ、キューバにいた父親としばらく暮らしてみようとしたからだが、長居をしているうちに、ソ連崩壊の報を知る。戻ろうとはするが、ソ連はない。結局彼女はそのままキューバに居着く。ロシア語で書いた詩やロシアでの体験をスペイン語にして語って聞かせると、友人たちが面白いと言ってくれるので、スペイン語で短篇を書きはじめる。それが本になり、キューバの文学賞を受賞する。紙不足で厳しい出版状況の中、『バッド・ペインティング（*Bad Painting*）』と題された本が出版されたのは一九九八年である。その後、彼女はレズビアンであることを明かし、それを主題化してもいる（「蝕」、『すばる』二〇一六年十一月号）。同じ主題を書いたことがあるエナ・ルシーア・ポルテラが「鳥——筆と墨（*El pájaro: pincel y tinta china*）」によってキューバで最初の文学賞（シリロ・ビジャベルデ賞）を受けたのが一九九七年である（邦訳作品に「ハリケーン」、『群像』二〇一一年十二月号）。

このように、ポストソ連時代に入り、新しい経歴の作家、女性作家、これまで排除あるいは無視していたテーマ（例えばＬＧＢＴ）を内に取り入れていく。

島の中で新しい作家たちの名前が聞こえるのと同じ頃、ヨーロッパではキューバ文学ブームを迎えていた。[13] 一九九八年、ロンドン在住のカブレラ＝インファンテはスペイン語圏で最も大きな文学賞セ

［13］Buckwalter-Arias, James, "Reinscribing the Aesthetic: Cuban Narrative and Post-Soviet Cultural Politics", *PMLA*, Vol. 120, No. 2 (Mar., 2005), pp. 362-374 を参照した。

ルバンテス賞を受賞した。マイアミ在住のダイナ・チャビアーノ（邦訳に『ハバナ奇譚』）はスペインのアソリン賞を受賞した。マドリードには、キューバ作家や評論家の本を主に刊行する出版社コリブリが誕生した。[14] バルセロナのカシオペア出版は亡命キューバ作家による「セイバ・コレクション」をこの頃から刊行している。[15] 映画『ブエナ・ビスタ・ソシアル・クラブ』が公開されたのは一九九九年だった。レオナルド・パドゥーラ（邦訳に『アディオス、ヘミングウェイ』）やペドロ・フアン・グティエレス（映画化された『ザ・キング・オブ・ハバナ』は日本でも上映された）といった島在住の作家が海外で出版し始めたのがこの時期である。[16] こうした状況について、ヘスス・ディアスは「キューバ文学は祝祭の真っ只中にある」と評した。[17]

島の内側で細々と作家が育っていく一方で、島の外側にはキューバ文学の国際的な需要が生じ、それに応じる作家が誕生する。[18] 彼らは次第にセレブ作家のような存在になっていくが、そうした流れの始まりとされる一九九八年が米西戦争からちょうど百年というのは何かの巡り合わせなのか。評論家のイバン・デ・ラ・ヌエスはキューバ文学の拠点が島の内外に広がったことを指して、ディアスポラ状況だと言った。[19]

このようなキューバ文学の爆発的流行の中心を占めたのは、先に「祝祭」と評したヘスス・ディアスの『キューバについて何か教えて』とエリセオ・アルベルトの『カラコル・ビーチ』だろう。どちらも一九九八年の出版で、一九九九年のロムロ・ガジェゴス賞の最終候補に残り、どちらも受賞できなかった（受賞したのはロベルト・ボラーニョ『野生の探偵たち』）。『カラコル・ビーチ』の方は復活した第一回アルファグアラ小説賞を受賞した。

この二作には共通点が多い。作家は書いたとき、どちらもキューバを離れていた。国を離れた時期も近い。ディアスは一九八九年ごろ、アルベルトは一九九〇年ごろである。ディアスはキューバ体制を強く批判したためにキューバには戻れない形での亡命だが、アルベルトは一定の条件下で戻ることが可能な、文字通り括弧つきの亡命作家だった。二人はともに島の外で亡くなった（ディアスは

［14］この出版社は二〇一三年に閉じている。

［15］イバン・デ・ラ・ヌエスの『終身のいかだ（*La balsa perpetua*）』は一九九八年刊行。アントニオ・ベニーテス・ロホの『反復する島（*La isla que se repite*）』の決定版はこのカシオペア出版から。

［16］レオナルド・パドゥーラのマリオ・コンデもの四部作の完結篇『秋の風景（*Paisaje de otoño*）』が刊行されたのは一九九八年である。またペドロ・フアン・グティエレスの『ハバナの汚れた三部作（*Trilogía sucia de La Habana*）』も同じ年に刊行。グティエレスに目をつけたのはアナグラマ社のホルヘ・エラルデ（Fornet, Jorge, *Los nuevos paradigmas*, Letras Cubanas, La Habana, 2006, p.106.）。

［17］Díaz, Jesús, “De fiesta”, *Encuentro de la cultura cubana*, núm.8/9, primavera/verano de 1998, p.3.

［18］島を離れて書かれた作品は、ヨーロッパや米国の読者向けに、美しいキューバを提示する傾向が強い。アビリオ・エステベスの『ハバナの秘密の財産目録』など。

［19］Nuez, Iván de la. “Registros de un cuerpo en la intemperie”, *Encuentro de la cultura cubana*, núm.12/13, primavera/verano de 1999, pp.123-135.

二〇〇二年にマドリードで、アルベルトは二〇一一年にメキシコで)。ともに映画製作に関わっている。ディアスはキューバ時代に映画を何本か撮ったことがあり（先の『『不思議』村のアリシア』にも脚本参加)、アルベルトは映画雑誌の編集をしたことがあり、映画の脚本も書き、有名な作品としてグティエレス＝アレアが監督した『グアンタナメラ』(一九九五）がある。そして『キューバについて何か教えて』と『カラコル・ビーチ』はともに当初は映画の脚本として構想され、どちらも映画は実現せず、小説だけが形になった。出版社は違うが、本の表紙のイラストレーターも同一人物である。

ここまで共通点を備えた作品が他にあるだろうかと驚くのだが、内容もまたトラウマ的な記憶にとらわれているキューバ人を主人公とするところが共通する。舞台も同じマイアミ、時代設定も一九九四年の六月と七月で近い[20]。

ドイツ人研究者の手によってキューバ短篇選集が刊行されたのは二〇〇〇年[21]。収められているのは、一九五九年以降生まれの二十五名の作家たち。今挙げてきたエドゥアルド・デル・ジャーノ、エナ・ルシーア・ポルテラ、アナ・リディア・ベガ・セローバ、そしてソエ・バルデス、ホセ・マヌエル・プリエト（ソ連滞在を題材に書いている作家)、アントニオ・ホセ・ポンテなど[22]、島の外と内の作家の双方が収められる。

一九九〇年代から二十一世紀にかけての、キューバ文学をめぐる状況について、ひとまず、キューバ文学がキューバ以外の同時代の世界の文学と日に日に似通ってきているということは言える。ゲイ文学、非母語で書かれる文学、そういう文学の国民文学への包摂、このようなことは何もキューバ文学だけに起きているわけではない。

もう一つ目を引くのは、ドイツ人が出したキューバ短篇選集の序文のタイトルにも、アンブロシオが使っていた「キューバ文学は一つ（la literatura cubana es una）」とあったことである。どこで書かれていても、島の外で書かれようと内で書かれようと、スペイン語で書かれようと英語で書かれようと「キューバ文学は一つ」。キューバ文学を分けてはならない。亡命、移住、政治的理由などによって分かれているキューバ文学を今一度一つのものと捉えようとすること――この「標語」めいた文言は、こう理解して良いだろう。

先に引用したカストロによる「革命文学」立ち上げの標語が、正典とそれ以外の「分割」を強調するところにあったとすれば、この標語は真逆の意味を持っている。この表現がいつ、どのようにして使われ始めたのかはあまりよくわからない。八〇年代終わりから九〇年代初頭のようで、どこからともなく、いつのまにか何人かの作家や評論家（ウェンディ・ゲーラ、ヘスス・J・バルケー、フェリック

---

［20］『カラコル・ビーチ』は作中でマイアミとは名指されないが、マイアミをモデルにしていることは間違いない。
［21］Michi Strausfeld, *Nuevos narradores cubanos*, Siruela, Madrid, 2000.
［22］本書第六章を参照のこと。

ス・ルイス・ビエラ、マリリン・ボーベス、ホセ・マヌエル・プリエト、アミール・バジェなど）が使うようになってきている。

この「標語」が上からの押し付けではなく浸透している状況を見れば、革命文学の「正典」構築の原理、つまり、メタナラティブは崩壊したとみていいだろう。キューバ革命文学は崩壊期にある。

第八章

ポストソ連時代のキューバ文学を読む

――キューバはソ連をどう描いたか？――

はじめに

一九五九年の革命以降のキューバ社会には、日常生活の隅々にまでソ連（ロシア）の文化が流入するようになり、ソ連崩壊までのおよそ三十年間、それらはキューバ文化に影響を及ぼし続けた。ある研究者が言うように、革命を境にしてキューバは、第二世界と第三世界のあいだ、社会主義と低開発のあいだ、東欧とラテンアメリカのあいだを生きることになったのである。[1] もともと、さまざまな民族文化が混淆し、「アヒアコ（ごった煮）」という料理の比喩で語られることも多いキューバ文化に、さらにボルシチが加わったわけである。[2]

キューバにおけるソ連文化の存在は映画でも確認できる。革命から五年後の六四年、『怒りのキューバ（*Soy Cuba*）』という映画がソ連とキューバの合作で製作された。ソ連側は監督にミハイル・カラトーゾフ、脚本に作家のエフゲニー・エフトシェンコを出し、キューバからは、のちに『低開発の記憶』（一九六八）の主人公を演じるキューバ人俳優セルヒオ・コリエリが参加している。内容は革命のプロパガンダながらも、芸術性の高い映画となっている。このようなソ連とキューバの合作映画をめぐっては、キューバの事情に詳しい人と、ソ連の映画事情に詳しい人（少なくともロシア語の出来る人）が一緒に取り組めば、興味深い考察が可能になるのではないだろうか。[3]

映画にかぎらず、二十一世紀に入ってからは、キューバ文化におけるソ連文化の痕跡の意義を検討しようとする動きが盛んになっている。[4] 両国の蜜月三十年の歴史、ソ連がキューバに残した政治的・経済的・文化的な「遺産」をどう評価するかが研究の主題である。遺産のなかには、ソ連の人々が島に残したもののみならず、ソ連や東欧に留学したキューバ人の経験も含まれる。研究にはいろいろな立場があって、ソ連がキューバを「植民化」したという植民地主義批判的な見方もあるし、「ソ連はキューバに何も残さなかった」、つまりアヒアコはアヒアコであって、ボルシチとは混ざらなかったというキューバ文化純粋主義的な見方もある。

ただ、こうした関心が生まれた背景には、ソ連時代のキューバへのある種のノスタルジーがあるだろう。ソ連崩壊後、急速に変わりつつあるキューバの混沌を前に、憧憬をもって失われた過去を想起したくなる人々がいてもおかしくない。このようなノスタルジー現象は、統一後のドイツに巻き起こった「東ドイツ時代は良かった」という「オスタルギー」と似ている面もあるようにも見えるが、果たしてどうなのだろうか。[5]

筆者は、こうした近年の研究の動向（主にカルチュラル・スタディーズの分野で進んでいる）を意

---

［1］Casamayor-Cisneros, Odette, *Utopía, distopía e ingravidez: Reconfiguraciones cosmológicas en la narrativa postsoviética cubana*, Iberoamericana, Madrid, 2012, p.50.

［2］アヒアコとボルシチの比喩は、以下の論文、Dmitri Prieto Samsonov and Polina Martínez Shivietsova, "...so, Borscht Doesn't Mix into the *Ajiaco*?: An Essay of Self-Ethnography on the Young Post-Soviet Diaspora in Cuba," Loss, Jacqueline, Prieto, José Manuel, *Cavier with Rum: Cuba-USSR and the Post-Soviet Experience*, Palgrave macmillan, New York, 2012, pp.133-159. にも見られる。

［3］先行研究として以下の論文がある。Puñales-Alpízar, Damaris, "*Soy Cuba, Océano y Lisanka:* De lo alegórico a lo cotidiano. Transformaciones en las coproducciones cubano-soviético-rusas", *Revista Iberoamericana*, 243 (2013, abril-junio), pp.479-500.

［4］代表的な研究書として、以下の二冊がある。Loss, Jacqueline and Prieto, José Manuel, *Cavier with Rum: Cuba-USSR and the Post-Soviet Experience*, Palgrave macmillan, 2012.（なおこの本には、邦訳『バイクとユニコーン』（見田悠子訳、東宣出版、二〇一五）のあるジョシュも「ロシア人の残したもの」という文章を寄せている。）Loss, Jacqueline, *Dreaming in Russian: The Cuban Soviet Imaginary*, University of Texas Press, 2013.

識しながら、キューバとソ連のかかわりを描いた文学作品をいくつか読み進めてみた。ここではそのうちの三篇をブックレヴュー風に綴り、キューバ文学の新たな一面として提示しつつ、作品の意義を探ってみることとしたい[6]。

アデライダ・フェルナンデス・デ・フアンの場合

最初は、キューバを舞台にロシア人が登場する短篇小説を見てみよう。キューバ人女性作家アデライダ・フェルナンデス・デ・フアン（一九六一〜）の「太陽の下での慈悲（*Clemencia bajo el sol*）」という作品で[7]、ロシア女性エカテリーナとキューバ男性レイエス夫婦の十五年を、夫婦の隣に暮らすキューバ女性クキの視点から語ったものだ。

エカテリーナはソ連に留学していたレイエスと結婚し、ハバナに引っ越してくる。ハバナに来て間もなく子供も産まれ、いよいよ新生活が開始する。当初、エカテリーナはソ連から家具を運ばせ、ソ連と変わらない生活を続けようとするが、親切に接してくる隣人クキとの付き合いを通じ、徐々にキューバの生活習慣に慣れ、またスペイン語も上達していく。しかしその一方でソ連の思い出は失われていき、しかも仕事で留守がちの夫との喧嘩が絶えない。

この小説で面白いのは、エカテリーナとその息子が、クキとその息子との友情から徐々にキューバ化し、また逆の作用も起きるところである。最初はロシア料理しか関心のなかったエカテリーナがだんだんキューバ料理を作るようになり、息子はキューバ・コーヒーが好きになる。スペイン語を修得したエカテリーナはスペイン語からロシア語への翻訳仕事さえする。このような変化と同様に、クキのほうの息子はロシアン・ティーが大好きになり、これまで本など読んだことがなかったクキもまた、エカテリーナの勧めでスペイン語に翻訳されたロシア文学を読み始め、ついにはトルストイ（『ア

［5］ソ連時代を懐かしむのは現在のキューバでは一般生活にも見られ、たとえばソ連の昔のアニメを流す飲食店の存在が知られている。またそれらが観光産業とも結びつき、観光客をソ連車チャイカに乗せるツアーもある。ノスタルジー現象を分析したものとして、スヴェトラーナ・ボイムが提起する二つのノスタルジー概念（復旧的ノスタルジーと反省的ノスタルジー）がある。このノスタルジー概念については、石丸敦子「ノスタルジーのカルチュラル・スタディーズ――スヴェトラーナ・ボイム『ノスタルジーの未来』の描くロシア――」、『クァドランテ』、東京外国語大学海外事情研究所、十七号、一七五－一八六頁を参照した。ソ連時代のキューバについて研究している Jacqueline Loss もボイムを参照している（Loss, Jacqueline and Prieto, José Manuel, "Caviar con Ron: 'Sdelano na kube'", *KAMCHATKA*, 5, julio, 2015, p.12.）。本章は必ずしもボイムのノスタルジー概念に従って文学作品を分析することを目的とはしていないが、作品の読解にあたっては、石丸氏の書評論文を多いに参考にした。

［6］キューバ人作家によるソ連を描いた小説の研究も進んでいる。本稿では、註1に挙げた研究書や註4に挙げた二冊以外に、Heinrich, Carola, "Buscar en la ausencia. Lo soviético en los cuentos y las identidades cubanas," *KAMCHATKA*, 5, julio, 2015, pp.141-165. を参照した。

［7］Fernández de Juan, Adelaida, "Clemencia bajo el sol", *Nuevos narradores cubanos*, Siruela, Madrid, 2000, pp.77-85.

ンナ・カレーニナ』）やチェーホフ（「犬を連れた奥さん」）を読破するのである。

弱々しいエカテリーナ（「頭のてっぺんから足のつま先までロシア人」で「金髪」）と強いクキ（混血で息子を女手ひとつで育てる）という対照的な二人が友愛関係を結び、相互に影響を及ぼし合いながら成長していく様子は、ソ連とキューバの対等な関係を暗示し、ユートピア的ですらある。

しかし幸せには終わりがある。気がついたときには、夫にキューバ女性の愛人ミレーナがいた。こうして結婚十五年が過ぎる頃、失意のエカテリーナはキューバでの生活を諦めることをクキに伝え、一人息子を連れて国に帰るのだ。物語の結末はクキによるミレーナへの復讐である。エカテリーナの置いていったソ連の家具や本をミレーナが公園で売り払っているのを見かけたクキは、憤慨して思わずミレーナを殴り殺してしまう。「女のあたしのありったけの力で頭を三回殴ったんですよ。信じられないかもしれないけど、殺すつもりなんかありませんでした。ただ痛めつけてやりたかっただけです。あの女はそうされて当然なんですよ。後悔なんかしていません。言い残したことですって？　あの女の血でトルストイとチェーホフの本が汚されたことが残念でならないわ。」

ヘスス・ディアスの場合

豊富なソ連滞在経験があって、それを表現しているキューバ作家も少なくない。一九六〇年代から八〇年代にかけては多くのキューバ人が、推計によれば年間およそ八千人がソ連の大学に留学している[8]。それ以外にもさまざまなケースでソ連に渡り、そのなかにソ連を舞台にした作品を書いている作家たちがいる。

こうした一群のなかで、質量ともに抜きん出ているのは、ホセ・マヌエル・プリエトである。シベリアの首都と言われるノヴォシビルスクで技術系の勉強をして、合計で十二年間ソ連に住んだ経験の持ち主だ。長篇作品としてソ連もの三部作『ロシア生活百科事典（*Enciclopedia de una vida en Rusia*）』（一九九七）、『リヴァディア（*Livadia*）』（一九九九）、『レックス（*Rex*）』（二〇〇七）があり、これ以外にも紀行ものとして『モスクワでの一か月（*Treinta días en Moscú*）』（二〇〇一）がある。タイトルからもソ連経験抜きには書かれなかったことが分かる。プリエトはロシア文学のスペイン語翻訳も手がけ、知られているものとしてアンナ・アフマトーヴァ、マヤコフスキー、ブロツキー、ソルジェニーツィンの翻訳がある。ソ連を去ったあとはメキシコを経て、現在は米国の大学で教鞭をとっている。

ソ連生まれの作家も挙げておこう。前章でも言及したエドゥアルド・デル・ジャーノはモスクワ生まれで、フェルナンド・ペレス監督作品『人生は口笛のように（*La vida es silbar*）』（一九九八）の脚本にも参加する映画人だが、小説も書き、キューバ短篇選集の常連である。詩人ではエルネスト・ゴンサレス・リトビノフ（一九六九年、ヤルタ生まれ）や、アンドレス・ミール（一九六六年、モスクワ生まれ）といった存在が知られている。

こうしたなかで、映画作家、言論誌編集者としてキューバ革命を支えた知識人ヘスス・ディアスの

---

［8］Loss, Jacqueline, *Dreaming in Russian*, p.23.

長篇小説『シベリアの女（*Siberiana*）』（二〇〇〇）を読んでみよう。[9]

主人公はキューバ黒人のバルバロ、二十五歳。キューバの雑誌記者として、バイカル・アムール鉄道の敷設を取材しようとシベリアを訪れる。学生時代にキューバで白人の軍人からレイプされたことはあるが女性との体験はなく、ソ連でこそ絶対に女性を知るのだと秘かな決意を固めていた。初めての飛行機は恐怖の連続で、震え上がりながらもどうにかモスクワに到着、次いでイルクーツクまで飛び、あとは陸路でシベリアを巡ることになる。イルクーツクからは通訳兼ガイドのナジェージダ、青い眼をしてプラチナ・ブロンドの女が同行する。（ありきたりな展開だが）バルバロは彼女に恋をする。しかし彼女はバルバロに関心を示しつつも、寄せ付けない雰囲気があっていらいらさせられる。そもそも彼女がなぜスペイン語を話すのか、どういう来歴の持ち主なのかが謎のままシベリア巡りは続けられる。

バルバロはシベリアの行く先々でさまざまな挑戦を受ける。未体験の酷寒や意志の疎通における苦労は言わずもがな、歓迎パーティでは酒の飲み比べの挑戦を受け、酔いつぶれる。ロシア式サウナではどう振る舞ったらよいのか戸惑うばかり。男らしさの体力競争もさせられる。外国人であるばかりか黒人でもあり、その珍しさから二重の人種差別を受け続け、寒さにやられて肺炎にもかかる。バルバロはキューバ人のプライドにかけてこれらすべてをどうにか乗り越える。しかしそのころには旅も終わりに近づき、イルクーツクに戻る日が迫っている。別れを目前にして、いよいよナジェージダは身の上話をはじめる。彼女の母はスペイン内戦時に逃れてロシアに来たスペイン人だった。ロシア人と結婚したが、その男が政治犯としてシベリアに送られたため、夫婦そろってシベリアにやって来る。そうして生まれたのがナジェージダである。長じて彼女も結婚するが、やはり相手が政治犯としてコルィマ鉱山に送られる。その夫もいまは収容所を出たが廃人同然で、彼女が面倒を見ている。そんな折りにやってきたバルバロに、彼女は一目見たときから惹かれた。一緒に旅をするうちに愛する気持ちも生まれているが、といって夫を捨てることはできない。したがってバルバロの気持ちは分かるけれども、一緒にはなれないので、大人しくキューバに帰り、自分のことは金輪際忘れてほしい……

彼女がバルバロに語った内容はこういうもので、夢破れたバルバロはキューバ帰国を決意する。だが出発前夜の歓送パーティでいざこざがあり、彼女は夫を捨ててバルバロの元へと向かい、二人は結ばれる。もっとも、その幸せも束の間、肺の弱いバルバロは再び病に倒れ、そのまま昏睡状態に入り、三日後亡くなってしまう。その後、失意の彼女もまたアンガラ川に身を沈める。

ロミオとジュリエット並みの障害に満ちた純愛小説といっていいが、ここでも先の短篇のように、キューバとソ連は対照的な文化として提示されている。この長篇では舞台をシベリアに移し、黒人と白人、熱帯と酷寒、南と北（あるいはシベリアという東とキューバという西）などの差異がキューバ

［9］Díaz, Jesús, *Siberiana*, Espasa Calpe, Madrid, 2000.

人の目の前に立ちはだかる。しかしこの小説の肝は、キューバ黒人がこれら圧倒的な差異を乗り越えようとする涙ぐましい努力にある。短期間の滞在でロシア語を身につけるまでにはいかないが、それでもいくつかの言葉を覚え、通訳なしでもカメラマンや運転手とコミュニケーションをとろうとする。キューバの民間信仰サンテリーアとロシアの信仰を習合させようとしたり、モンゴル系ロシア人をキューバの中国系移民と比較したりする。バルバロはこれまで自分が属していた文化とはまったくかかわりのないソ連を、ロシアを、シベリアを理解しようと努めるのだ。

ソ連時代へのノスタルジー

こうしてみると、最初の短篇のほうでは女と女の友情、二篇目の長篇では男と女の恋愛を通じ、ソ連との文化的差異を前提にして、誠実なキューバ人が相手の文化を理解し、乗り越え、交わろうとする鋭意に焦点が当てられている。その意味では、両作品ともにキューバからソ連に秋波を送っている作品である。米国と国交を断絶して東側ブロックに入り、ソ連や東欧と強い結びつきが生まれる過程でキューバ人のとった道筋を示すものだ。しかし両作品ともハッピーエンドではない。エカテリーナの帰国でクキは友を失い、バルバロとナジェージダの恋愛は悲劇に終わる。これはソ連崩壊にともなう両国関係の終了を描いたものとみてよいのだろうか。即決はできないが、ここで興味深いのは、両作家がこの作品でソ連時代のキューバをどのように思い起こし、描こうとしているかである。

最初の短篇について言えば、クキはこの短篇のなかで、七〇年代から八〇年代の、ロシア製の物に囲まれていた生活を懐かしく振り返っている。それはたとえば、「とんでもなく重たい腕時計と煉瓦みたいな靴」や、空腹を癒してはくれたが美味しくない「缶詰の肉と瓶詰めのリンゴ」である。キューバ人はソ連時代には、「ロシアの物なんてとんでもないシロモノばかり」と、文句ばかり言って暮らしていたのだった。しかしいざソ連が崩壊し、それとともにロシア人がいなくなり、ロシアの物が手に入らなくなってみると、あのころの苦労がむしろいい思い出として蘇ってくる。クキは言う。「ロシア人はみんないなくなった。あたしはもう、来たり帰ったりというのには飽き飽きさ。強くはなれるけど、限界っていうものがあるんじゃないのかね。」

エカテリーナとの良い思い出ばかりを語るクキはどうやら、変わってしまった今のキューバよりも、ロシア人がいてロシアとともにあったあの頃のキューバを取り戻したいと思っている。この短篇は、クキが警察か裁判所のような場所で殺人の自白をする「陳述」から成っている。罪を告白しながら過去を思い起こすとき、クキはエカテリーナとの関係を必要以上に美化しているかもしれない。彼女の陳述は、それを聞いている裁判官や警察官（＝読者）に、過去を古き良きものとして思い出させる。こうしてこの作品からは、「あの頃はよかった」というノスタルジーが漂うことになっている。

この作品が発表されたのは一九九六年、ソ連崩壊から五年後である。作者アデライダは革命とともに育ち、大人になった。革命から距離を取ることはなく、一体となって生きている作家だ。フィデル・カストロの革命文化政策を担った曰く付きの知識人フェルナンデス＝レタマールの娘でもある。そんな彼女にとってトルストイとチェーホフは、汚してはならない古き良き時代の象徴として懐古されているのだろう。

二篇目の『シベリアの女』はどうだろうか。この小説は、作者が一九七七年にドキュメンタリー撮影のためにシベリアを訪れたときの経験をもとに書かれた。しかし小説が書かれたのは二〇〇〇年になってからである。なぜ四半世紀も過ぎてから書かれたのだろうか。しかも書いたとき、ディアスは亡命してキューバを離れてスペインにいた。島を出てから書いたことが作品に何か特別な趣を与えているだろうか。

先に述べたように、ディアスはもともと革命を支える重要な知識人だった。しかし八九年にキューバを去り、キューバに民主的な社会を実現しようとする言論誌（『エンクエントロ（*Encuentro de la cultura cubana*）』誌）をスペインで立ち上げた。本書第四章で述べたとおり、彼の立場は、キューバ革命の理念は間違っていないものの、カストロの独裁とアメリカ合衆国の経済封鎖はキューバにとって障害になっているというものだ。そのような彼がポストソ連時代に入って書いたこの小説を見ると、そこにはやはりキューバとソ連の蜜月時代への懐かしい愛情を感じざるを得ない。

そもそもバルバロの欲望の対象となる「女」＝神秘は、キューバにとっての七〇年代から八〇年代のソ連、ロシアの文化のことをさしている。その対象であるナジェージダはロシア語で「希望」を意味するという[10]。となると、この小説はキューバがその未来をソ連という「希望」に託した物語だと解せる。しかもその希望はシベリアという最も奥深い地方にあって、キューバ人はそこを分けいくのだ。さまざまな挑戦を乗り越え、シベリアを踏破するキューバ人という設定。ここに、キューバと歴史的にも文化的にもかかわりの極めて弱いソ連を徹底的に理解しようというキューバ人の強烈な意志を感じ取ることができる。

でありながらも、この小説の結末は悲劇である。そしてこの悲劇の結末に立ち会ったとき、読者の頭のなかにただちに浮かびあがってくるのは、いったいバルバロ＝キューバ人が挑んだあの超人的とも言えるソ連理解に向けての努力を、それが終わったいま、どう解すべきかという問題である。

バルバロのナジェージダに対する愛が揺るぎない真実だったことは否定できまい。というよりもその真実性をこの作品は強く肯定している。困難を乗り越えようとする時にこそ生まれる愛の強さ。愛によって人は文化の違いを克服する。これは、当時のキューバの、東側ブロックに対する忠誠が真実であるのと同じことである。しかし幸せは束の間しか続かず、二人が死んだいま、もはやその愛が蘇ることは絶対にありえないのだ。愛の真実性とともにある愛の蘇りの不可能性。このことが強烈に突きつけられる。

ディアスはこの小説を通じ、キューバのソ連に対する愛（＝革命の理念）に間違いはなかったが（そのことの証明に小説の大半を費やしている）、その両者が変わってしまったいま（小説が書かれた二〇〇〇年）、過去に戻ることはもはや不可能なのだと言っている。

［10］ロシア文学者の前田和泉氏のご教示に感謝する。

キューバを離れる前、ディアスは「革命文学」を追い求め、キューバ人への呼びかけとなる小説を書き続けた[11]。その彼は国を離れてもなおキューバの人びとに呼びかけた。それは、愛の終わりの後に広がる無限の未来のことであり、そこに一歩を踏みだすようにキューバ人の背中を押しているのだ。

アナ・リディア・ベガ・セローバの場合

最後に、ロシア人とキューバ人のあいだに生まれ[12]、長じて作家になった人物を読んでみよう。その名をアナ・リディア・ベガ・セローバという。プエルト・リコ作家にアナ・リディア・ベガという同姓同名の作家がいるので、キューバの作家には最後に母親の姓セローバを付けることで区別する。

アナ・リディア・ベガ・セローバは一九六八年レニングラードで生まれている。父親がムラート（黒人と白人の混血、つまりプーシキンと同じ）で、母親がロシア人である。ロシアとキューバの混血は母をロシア人とし、父をキューバ人とするこのパターンのほうが多く、先に触れた二篇でも恋愛は常にこのような間柄に生まれていた。ベガ・セローバは生まれてすぐにキューバに移り、そこで九歳まで過ごしたあと、両親の離婚にともなって母の祖国へ移り、ベラルーシ、ロシア、ウクライナに住む。ソ連では美術を学び、一九八九年、二十一歳のとき、キューバに渡り、そのまま島を住処として現在もキューバのハバナに住んでいる[13]。

キューバにきたときに、ロシア語で書いていた自作（主に詩）をスペイン語に翻訳し始め、その後スペイン語での創作（主に短篇）に着手する。九七年、短篇集『バッド・ペインティング』でキューバ国内の文学賞を受賞している。筆者の手元にある何冊かのキューバ短篇アンソロジーをめくってみると、そのほとんどに彼女の名前があり[14]、若くから注目されていた作家であることが分かる。長

---

［11］例えば、Díaz, Jesús, *Canto de amor y de guerra*, Letras Cubanas, La Habana, 1979. この短篇を、批評家のホルヘ・フォルネーは「キューバ社会主義リアリズムの傑作」と評している。

［12］キューバでは「ぬるま湯 (agua tibia)」と呼ばれる。冷たくもなく熱くもない、中間的な存在だからである。

［13］ベガ・セローバの経歴については、López-Cabrales, María del Mar, *Arenas cálidas en alta mar: entrevistas a escritoras contemporáneas en Cuba*, Editorial Cuarto propio, Santiago, 2007. Cuesta, Mabel, *Cuba post-soviética: un cuerpo narrado en clave de mujer*, Editorial Cuarto propio, Santiago, 2112. を参照。

［14］以下、ベガ・セローバの作品が入っている短篇集を出版順に列挙しておく。Garrandés, Alberto (ed.), *Aire de luz: cuentos cubanos del siglo XX*, Letras Cubanas, La Habana, 1999. López Sacha, Francisco (ed.), *Cuentos cubanos*, Centro Cultural Pablo de la Torriente Brau, La Habana, 1999. Strausfeld, Michi (ed.), *Nuevos narradores cubanos*, Siruela, Madrid, 2000. *Mujeres como islas: Antología de narradoras cubanas, dominicanas y puertorriqueñas*, Ediciones Unión (La Habana), Ediciones Ferilibro (Santo Domingo), 2002. Mary G. Berg (ed.), *Open Your Eyes and Soar: Cuban Women Writing Now*, White Pine Press, Buffalo, New York, 2003. *Voces cubanas: Jóvenes cuentistas de la Isla*, Editorial Popular, Madrid, 2005. Garrandés Alberto (ed.), *La ínsula fabulante: el cuento cubano en la Revolución (1959-2008)*, Letras Cubanas, La Habana, 2008. García Cruz, Michel (ed.), *Mañana hablarán de nosotros: Antología del cuento cubano*, Editorial Dos Bigotes, España, 2015.

篇としては『夜警（*Noche de Ronda*）』（二〇〇一）、自身の短篇集は『紙の家系（*Estirpe de papel*）』（二〇一三）などがあり、絵も描いている。

そのなかで、二〇〇七年に出た『愚かな魂（*Ánima fatua*）』[15]は彼女の経験を題材にとった「自伝的」な小説である。タイトルの形容詞「fatua」は訳しづらく、ひとまず「愚かな」と訳したが、そのほかにも「思い上がった、うぬぼれの強い、中身のない」とさまざまな意味をもっている。彼女の父であるキューバ人と、母であるロシア人とのレニングラードでの出会いから書き起こされ、キューバ時代の幼少期、ソ連で過ごした青春期を綴り、ソ連を旅立ち、小さい頃に住んでいた土地＝キューバに戻るところで終わる。これは、先ほど述べた彼女の経歴とぴったり重なる。

読んだときに強い印象を残したのが、ソ連の町の描写である。三つ続けて引用しよう。

レニングラード――いまのサンクトペテルブルク――は橋の街だ。ピョートルが建てた。（…）ピョートルはロシアにヨーロッパの窓を開けようとした。髭を切らせ、フランス語を使わせ、沼地に首都を建てて、窓を開けたのだった。（…）レニングラードには湿った材木と冷たい汗の臭いが、古くさい狂気の臭いが、博物館のような臭いがする。レニングラードは博物館と狂人、海と公園と白夜の街だ。捨てられた老人と画家、引退した船乗りと恋する男と孤独な女が棲んでいる。

あたしはあっという間にオデッサに恋をした。潮の香りが不確かな思い出を運んできた。欲望や夢を目覚めさせ、あたしは目が覚めた。ぜったいに入学試験をパスしなくては。オデッサに住んで、街を歩き、浜辺で水と戯れるのだ。

モスクワ、マスクバー、ラ・モスコビア。無数のニュアンスに満ちた雑然とした世界。そこには、ロシアのあらゆる稜線が、野蛮と進歩が、聖なるものと俗なるものが、ヨーロッパとアジアの矛盾が流れ込む。限りない相貌をもつ街。百回灰燼に帰し、つましい禁欲で蘇った街。逸脱と栄光と寂寥の混淆。その夜空は、広場のなかでもいちばん赤い広場の上で痛々しいほど赤く輝き、空気はスローガンに汚され、男は酒に酔って女々しく泣き、女は最終列車に間に合うように歩を急ぐ。老人と若者と犬。正教会とスーパーマーケットとジプシー。ホテル、頭にスカーフを巻いた老女、酸っぱいキャベツ、カーネーションの匂い。

生まれたレニングラード、学校に通ったオデッサ、その後長く暮らすモスクワへと移動しながら、彼女は徐々にロシアの大地に呑み込まれていく。ヨーロッパの窓レニングラードには古びた西洋を感じ、淡い思い出のあるオデッサでは海にハバナを想起していた。それを経てロシアの中心モスクワに

［15］ Vega Serova, Anna Lidia, *Ánima fatua*, Letras Cubanas, La Habana, 2007.

至るとき、彼女の筆致にはこれまでにない饒舌さと力強さが備わっている。

こういった街の描写のあいだで、苦難とともにある主人公の経験が綴られる。学校ではロシア語ができずいじめに遭う。友達もできず、もう一人の自分を作って遊び相手にする。母親からは虐待を受ける。自傷行為にも及ぶ。男から暴力も受ける。家を飛び出して流浪する。

ロシアにいいようになぶられるにもかかわらず、書かれていることの痛ましさが読者に伝わってきたとき、そこにあらわれるのは、なぜか辛酸や痛みではない。むしろ表現の新鮮さや表現することの悦びである。まるでロシアの大地に呑み込まれ、その大地と交わることで得体のしれない何かが作家ベガ・セローバに胚胎し、それが赤ん坊のように真新しい、無垢なものとして生まれでたかのようだ。[16]

彼女の文に宿る力強さと新鮮さは、おそらくこの本の自伝的な内容が、彼女にとって新しい言語であるスペイン語で書かれたことと関係がある。ベガ・セローバはキューバに戻るまで、家族、友人、恋人の意向に翻弄されながら生きていくしかなかった。経済的な問題もあっただろう。そんな彼女にとってキューバで書くこと（描くこと）は自立した行為、誰の助けも借りずにできることだった。下手な絵（彼女の最初の作品タイトル）を描いたり、物語を書いたりするためには、誰の助けもいらないという単純な事実がある。そういう面で経済的に最低限の生活を保証してくれるのが、キューバの制度だった。芸術家にとって配給制度はベイシック・インカムのようなものだ。ロシアとの交わりで結晶したものを、難解な単語や文体、複雑な時制を駆使せず、むしろ初歩的なスペイン語で（ロシア語からの自己翻訳もしながら）書く。「八月だった。リンゴの木は果実を実らせ、雨は温かくて短く、あたりは蜂蜜とパンと赤い野生の花の匂いに満ちていた」。

あるいは、以下のようなロシア語混じりのスペイン語が使われる。

八〇年代終わりのロシアのヒッピーは、粗野で屈託がない若者連中で、国の大都市のいたるところにネットワークを張り巡らしていた。連中はカフェの周り、公園、人気のないビル、大人が一時的に留守にしている家（vpiska と呼ばれた）に集った。眠るところがないヒッピーは tusovka（溜まり場）に来て、その晩の vpiska がある人を探した。いつも避難所と食べ物を差し出す別のヒッピーがあらわれた。ロシア語に英語、刑務所の俗語を混ぜた独特の言い回しを使い、ジプシーとも乞食ともつかない奇妙な服装を着て、花とドラッグと小さなプラスチック珠のネックレス feñki とビートルズが好きで、愛と平和と自由を信じていた。忠実に、偽りなしに、自分の信じることを貫いていた。彼らには二つの重要なキーワード、kaif と vlom があった。kaif は快楽の極限を意味し、vlom はその反対語だ。

ロシア語まじりのスペイン語はロシア・スペイン語（ruspañol）といったほうがいいかもしれない

［16］あるインタビューでベガ・セローバは執筆を出産に例えている。

（彼女の場合にはロシア・キューバ語といってもいい）。このような彼女独特のキューバ語の修得とともに、ロシアの大地との交わりが形となって生まれている。この本を読むことは、こうした新たな命の誕生に立ち会うことである。

ベガ・セローバはロシア文学を、ブルガーコフを、ツエターエワを、その他大勢のロシア前衛詩人を読み、その経験から成る「ロシア文学」を「キューバ語」で書いた。したがってこの作品を通じ、作家（＝語り手）の存在は、ロシアとキューバが二重に積み重なったものとしてある。キューバ語はロシアを書くためにのみ使われ、このロシアとキューバの二重性は、どちらか片方だけを取り出すことができないようになっている。ロシア（ボルシチ）がキューバ語（アヒアコ）で調理されたこの作品（ベガ・セローバのソ連時代）はすなわち、ボルシチ＝アヒアコなのである。

終わりに

ここでは、ポストソ連時代に入ってから書かれたキューバ文学から三作を選び、内容を紹介しつつ吟味を加えた。どれも七〇年代から八〇年代を懐古する内容で、これらの小説がソ連時代のキューバの貴重な記録となっていることを確かめることができた。だがそれに加えて、これらの作品が過去を振り返ったものでありながら、ポストソ連時代を生きるキューバ人の、未来に対する「構え」のようなものをそれぞれの方法で示していることを指摘しておきたい。最初の短篇からにじみ出る失われた過去への甘いノスタルジー、過去に居続けようとするキューバ人の振る舞いは、来る未来への戸惑いや漠然とした不安のあらわれではないだろうか。二作目はその最終部で、ソ連時代が絶対に取り戻せない過去であることが確認された。この作業は、一作目で想起されるようなユートピア的過去に浸ろうとする安易なノスタルジーに釘を刺し、過去の正しさを肯定しながら、その過去と決別することをキューバ人に訴え、そう行動するように迫るメッセージとなっている。三作目で明らかになったロシアとキューバの二重性は、これからのキューバにとって抜きにできない歴史や文化を背負った身体のひとつであり、作者は「自伝」を選ぶことで、文字通り身をもってそのことを示している。ここで触れた作品のみならず、ソ連経験をもつキューバ作家の作品は、米国と国交を回復し、急速に時代が変化しつつあるいま、ますます読解の待たれる作品となっている。

第九章

反マッコンド文学

――二十一世紀キューバにおける第三世界文学とダビー・トスカーナ『天啓を受けた勇者たち』

競うのは速さではない、持久力だ。
ダビー・トスカーナ『天啓を受けた勇者たち』[1]

ラテンアメリカは「第三世界」ではなくなったのか

二十世紀末の一九九六年、当時若手だった二人のチリ作家を中心にして短篇集が編まれた。彼らは『百年の孤独』の舞台〈マコンド〉をもじり、世紀末のラテンアメリカに現れつつあった新しい風景を〈マッコンド（McOndo）〉と名付けた。[2]

この時期、ラテンアメリカは大きな変貌を遂げていた。いわゆるジェントリフィケーションにより、都市部には次々に大規模のショッピング・モールが建設され、画一化された都市文化が花を咲かせる。週末には家族で乗り合いバスに乗ってモールを訪れ、映画を見たりウィンドーショッピングを楽しんだり、フードコートで食事をしたりする。たくさんあってどれもが似ているモールの中から家族は自分たちの趣味に合うモールを選び出し、訪れるのだ。家に帰ってテレビをつければ、ケーブル放送の数え切れないチャンネルからお気に入りの番組を選び出す。そして米国産のテレビドラマやアニメを繰り返し見る[3]。

短篇集『マッコンド』は、土臭さが漂うマコンドとは違う、グローバリゼーション時代のラテンアメリカを提示しようという目論見のもとに編まれた。このような企図を抱いた編者二人がチリ人であることは偶然ではない。一九七三年にアジェンデ政権が倒されて以降、シカゴ学派が先導する新自由主義がピノチェト軍政下で進められ、チリはラテンアメリカでもっとも早く米国文化が流入したと言っていい国だからだ。まさにその場所から新しいラテンアメリカ文学が提示されたのは当たり前のことである。

刊行から二十年が過ぎ、短篇集の目次を眺めてみると、もう一つ当たり前のことに気づく。短篇集には十七人の作家が入っていて、作家は国名のアルファベット順に並んでいる。アルゼンチンにはじまり、ボリビア、コロンビア、コスタ・リカ、チリ、エクアドル、スペイン、メキシコ、ペルー、ウルグアイの合計十カ国。国の数がスペイン語圏の数に到底及ばないことはともかくとして、文学者を多数生んでいるある国の名前がない。グローバリゼーション下のラテンアメリカを描くという編集方針がある以上、間違いなくこの短篇集にこの国の作家は入りようがない。当然の帰結である。ところで『マッコンド』の誕生には前段があって、編者の二人は序文で短篇集胚胎のきっかけとなったエピソードを紹介している。

ある若手のラテンアメリカ作家たちが、米国の文芸誌編集者から原稿を頼まれる。彼らは書き上げたものの、原稿は却下される。一つ目の理由として示されたのは、魔術的リアリズム臭がしないことである。二つ目の理由として、彼らが書き上げた作品が「第一世界のどの国でも十分に書くことが可

---

［1］Toscana, David, *El ejército iluminado*, Tusquets, Barcelona, 2006, p.47.

［2］〈マッコンド〉という命名によって、マッキントッシュやマクドナルドの流入したラテンアメリカという意味も込められている。Fuguet, Alberto and Sergio Gómez (ed.), *McOndo*, Mondadori, Barcelona, 1996.

［3］例えば、コロンビアの首都ボゴタの人気ショッピング・モールとして「アンディーノ」がある。この施設は一九九三年に完成し、一九九五年にはコロンビアで最初のマクドナルドがオープンした（もっともボゴタに建造された最初のモールは一九七六年完成のウニセントロである）。ボゴタには「パルケ９３」という周囲をレストランで囲んだ衛生的な公園があるが、それがオープンしたのも一九九五年である。メキシコシティのモールでは、コヨアカン地区の「パラシオ・デ・イエロ」が一九八九年オープンである。また、スペイン語版ＣＮＮ（CNN en español）の放送開始は一九九七年。

能」[4]だからだと言われる。編集者の不満はつまり、ラテンアメリカの作家に頼んだのに、第一世界の作家のような作品が出てきたことにある。

ここで編集者の言葉、「第一世界のどの国でも十分に書くことが可能」に注目してみたい。特に「第一世界」という表現に。人はそうそう「第一世界」という表現は使わないのではないか。「第二世界」に至っては定着しなかった感がある。それに対して「第三世界」という用語は広く定着したし、今でもまだ生きている。[5]旧植民地を指す言葉としてこの表現は使いやすい。

キューバの文芸評論家で詩人のフェルナンデス＝レタマールは「第三世界」概念を文学と関係させて以下のように言っている。

（…）いまだ、ひとつの世界は存在していない。一九五二年に人口学者のアルフレッド・ソヴィーが「第三世界」という表現を発明したとき（…）、実にさまざまな思想家や指導者によってこの表現が広く受け入れられ広められたことは、世界の同質性が存在していないことを確かめるものだ。まだ世界の同質性が存在していないとき、当然のことながら、世界文学も普遍的な文学もまだ存在しない。[6]（強調原文）

世界はひとつではない。世界はまだいくつかに分かれ、その中には「第三世界」というのがあって、そこには固有の文学がある。キューバは「第三世界」であり、それにふさわしい文学が書かれなければならない。このフェルナンデス＝レタマールのアジテーションめいた文章は一九七〇年代に書かれたものだが、まだ効力を失っていないように思われる。

ラテンアメリカ作家から出てきた作品を読んだとき、くだんの編集者が感じ取ったことは「第一世界」の作家が書くものとの同質性で、もともと彼が求めていたはずの「第三世界」発の異質な作品ではなかった。だから「第一世界」という表現が出てきたにちがいない。では「第三世界」の異質さとは何か。それはこの場合、原稿を却下した最初の理由にある「魔術的リアリズム」を指しているのだろう。ラテンアメリカ文学といえば魔術的リアリズムだと思いこんでいる編集者が短絡に過ぎることは確かだが、それは一旦措くとして、彼が問題にしたかったことはこういうことではないか。ラテンアメリカはもう「第三世界」ではなくなったのか？

［4］Fuguet, Alberto and Sergio Gómez (ed.), *McOndo.*, p.10.
［5］朝日新聞紙上では、「第三世界」は七回使われているのに対し、「第一世界」と「第二世界」は一度もない（二〇一六年十月十八日、過去一年分の記事検索を行なった結果）。
［6］Fernández Retamar, Roberto, *Para una teoría de la literatura hispanoamericana*, Instituto Caro y Cuervo, Bogotá, 1995, p.79.

『マッコンド』に登場しない国

ラテンアメリカでジェントリフィケーションが進む頃、「第三世界」キューバの首都ハバナのベダード地区に、「反帝国主義のための広場」なるものが設置された。この空間は、米国利益代表部（現在の米国大使館）の隣にある。「尊厳のための広場」とも呼ばれるここには、キューバ独立戦争を戦った建国の父にして、反米思想を十九世紀末に著した作家ホセ・マルティの銅像が立っている。彼は赤ん坊を抱きかかえ、利益代表部を指差している。

反米帝国主義者マルティは、友人への手紙で以下のように述べている。

（…）すでに私は、日々、自分の国と自分の義務とのために命をささげるという危険の下にいる（…）その義務とはキューバの独立によって、時宜を失することなく、米国がアンティール諸島に乗り出し、さらに大きな力でわがアメリカ大陸にのしかかってくるのを阻止することだ。[7]

この文章はキューバの歴史教科書にも引かれる有名なものだ。銅像のマルティが抱いている赤ん坊はエリアン・ゴンサレスというキューバ人がモデルで、親に連れられてマイアミへ亡命を目指す途中で遭難した、当時六歳の少年である。救出されたエリアンをめぐり、米国とキューバの間で外交問題が巻き起こり、それをきっかけに米国に対する抗議の場として作られたのがこの空間である。米国側は利益代表部の五階に電光の文字盤を設置し、そこから反革命プロパガンダを流してキューバ人を扇動しようとした。それに抗してキューバは文字盤の正面にポールを何本も立てて黒いフラッグをはためかせた。キューバと米国がぶつかり合う戦場となったのがこの場所だった。

その広場から海沿いの道を進んでしばらく行くと、カサ・デ・ラス・アメリカスがある。ここは革命直後に創設された文化機関で、代表を務めるのは先に引用したフェルナンデス＝レタマールである。定期刊行物「カサ（*Casa*）」はキューバ革命のイデオロギー（その一つに反帝国主義がある）をラテンアメリカやカリブの各地に伝えるプロパガンダ雑誌として、一九六〇年に第一号を創刊以来、すでに二百八十号以上出し続けている。

キューバは二十一世紀に入っても、反米、反帝国主義の旗を降ろしていない。ショッピング・モールもなければ、ケーブルテレビも、場合によってはインターネットもない。もうお分かりだろうが、新自由主義を肯定する短篇集『マッコンド』にキューバ作家は登場しない。登場できないのだ。

アメリカ合衆国を「黙殺」する

ガルシア＝マルケスが死ぬまでキューバ革命の理想を捨てず、反米、反帝国主義的主張を持っていたことは広く知られている。もっとも彼は、そういう政治的主張をするためだけに作品を書くタイプではない。だがそんな彼の作品を見渡してみると、意外な方法で反米的な主張をしていると見なせる

［7］キューバ教育省編『キューバの歴史』（後藤政子訳）、明石書店、二〇一一年、一九二頁。

ものが出てくる。その事例として「大統領閣下、よい旅を」を採り上げてみたい[8]。

カリブの小国からジュネーヴに亡命してきた青年オメーロスは、妻のラサラとの間に二人の子供を抱えながら、救急車の運転手をして生活を成り立たせている。彼はある日、自分の出身国の元大統領が病院に出入りするのを目にする。民衆の支持を受けて当選したものの、軍事クーデタによって失脚し、姿を消していたその元大統領がスイスにいたのである。生活を少しでも楽にしたい若者夫婦としては、同郷の元大統領に取り入って経済的な支援を受ける絶好の機会とみなし、作戦を練る。

オメーロスは出身国で元大統領を支持していたという逸話を語り、若い時の大統領の写真を見せて彼を悦ばせる。妻のラサラは自慢のカリブ料理で大統領をもてなし、そのかたわら大統領の懐事情に探りを入れる。ところが期待に反し、財産といえるものはほとんどないという。妻のラサラは嘘ではないかと疑うが（スイスに亡命する偉人が文無しとはありえないと思っている）、その後、大統領の逗留先が移民地区の簡素なアパートであるのを実際に確かめて、心の底から幻滅を覚える。しかしその反動なのか、夫婦には大統領への同情心が芽生え、病身の大統領の介護を買って出る。何週間かの治療を終えたのち、大統領は夫婦に感謝の手紙とわずかの財産を残し、かつて自分を追い落とした政敵に立ち向かおうと故郷の国に旅立っていく。

これが物語のあらましだが、この作品が収録された短篇集『十二の遍歴の物語』はそのどれもがラテンアメリカやカリブ出身者のヨーロッパにおける孤独を扱っている。その意味ではこの物語も、人間関係を持てない寒々しいカリブ出身者のジュネーヴ暮らしを中心に置き、彼らが同郷人との出会いを通じて人間性を取り戻すまでの物語である。ではこの物語に「米国」なるものがどのように登場しているのか。

元大統領とオメーロスの出身であるカリブの国にはどこかモデルがありそうだ。軍事クーデタによる政変や亡命といった歴史的経緯なら、グアテマラのアルベンス政権、チリのアジェンデ政権、ドミニカ共和国のファアン・ボッシュ政権が挙げられる。物語中、元大統領の出身国の首都はプエルト・サントとされ、ドミニカ共和国の首都はサント・ドミンゴである。さらに、元大統領がオメーロスと出会った場所はサン・クリストバル・デ・ラス・カサスとされ、ドミニカ共和国にはサン・クリストバルという地名があり、そこはかの有名な独裁者ラファエル・トルヒーヨの出身地でもある。フィクションだから実在の国である必要はないのだが、これらの地名の類似をまったくの作り事だと片付けて読む読者はいまい。

ではそのクーデタなり政変なりを裏からお膳立てしている存在が何かといえば、米国にほかならない。二十世紀のカリブ海域史、とりわけスペイン語圏諸島では、この国に言及せずにその歴史を語ることは難しい。妻ラサラはプエルト・リコ出身という設定だが、この島は一八九八年の米西戦争に乗じて米国が支配下に置き、二十一世紀に入るまで主権共同体の地位を得ていない。米国はキューバに

［8］ガルシア＝マルケス「大統領閣下、よい旅を」、『十二の遍歴の物語』（旦敬介訳）、新潮社、一九九四年、一五-五〇頁。

は独立の道を開いたものの、さまざまな介入を続け、それが一九五九年の革命を引き起こすことになる。ドミニカ共和国の場合、二十世紀前半には米国海兵隊が島を占領し、その後は海兵隊の武力を背景にトルヒーヨの独裁が三十年続いた。

にもかかわらず、これは驚くべきことと言っていいはずだが、この物語の中で「米国」の名前が言及されることは一度としてない。大衆の支持を受ける大統領、激しい選挙戦、軍事クーデタ、亡命といったカリブの政治状況が次々明かされるのに対し、ラテンアメリカの二十世紀を蹂躙した「米国」という言葉は元大統領やオメーロス、ラサラの口にのぼらないのである。元大統領が自らの失政の背景を若夫婦に語る際には一気に一四九二年までさかのぼる。それはそれでラテンアメリカ論として適切かもしれないが、飛躍しすぎている感は否めない。元大統領は当初亡命先としてマルチニークを選び、『帰郷ノート』を書いた友人「エメ・セゼール」に迎えられる。つまりこの元大統領はフランス語が堪能でラテン語を読む教養人という設定なのだが、「英語」ができるのかどうかというと、これまたほのめかされることすらない。

ここに至って、どうやらこの作品では「米国」は言及したくない対象だと見た方がむしろしっくりくることに気づく。つまり「米国」は強制的に退場させられているのだ。名を記すことが愛の告白であるとすれば、名を記さないことはその逆、つまり憎しみの証ということだろう。まさに「黙殺」と言うにふさわしいこの主張は、突き詰めれば、「米国なき世界」の構想である。それほどまで「米国」という存在を知らせずに読めるようこの物語は設計されている。[9]

ガルシア＝マルケスが米国への入国を禁止されていることを繰り返し書いていることを踏まえて読めば[10]、彼からの意趣返し、復讐とみてよい。入国を阻止された作者が作品の中で米国を消すぐらいは

［9］ガルシア＝マルケスには、米国を象徴する飲み物コカ・コーラとキューバに関するエッセイがある。米国との国交が途絶したのち、コカ・コーラが飲めなくなったキューバ人が努力して国産コーラを生産するに至るまでの話である。オチは、海外に仕事で出たキューバ人が土産品としてコカ・コーラを買って戻ったが、革命から長く経過していたために、すでにコカ・コーラを知らない人がいて喜ばれなかったというもの（García Márquez, Gabriel, "Allá por aquellos tiempos de la Coca-Cola", *Notas de prensa*, Mondadori, Barcelona, 1999, pp.209-212.）。ガルシア＝マルケスは一九五〇年代にソ連を訪れた時にも、ソ連を「コカ・コーラの広告がない土地」と評している（García Márquez, Gabriel, "URSS : 22.400.000 kilómetros cuadrados sin un solo aviso de Coca-Cola", *De Europa y América*, Mondadori, Barcelona, 1992, pp.617-623.）。「米国なき世界」はガルシア＝マルケスが長年温めていた構想と見てよい。

［10］自分がいわれのない理由で米国に入国を阻止されたというのもガルシア＝マルケスがよく語るエピソードだ。彼は米国のそうした対応を「米国批判者に対する帝国主義的懲罰」と名付けている（García Márquez, Gabriel, "USA : mejor cerrado que entreabierto", *Notas de Prensa*, pp.404-407.）。なお、カブレラ＝インファンテはガルシア＝マルケスが告白する米国入国禁止措置を虚偽だと指摘する（Cabrera Infante, Guillermo, "Nuestro prohombre en La Habana", *Mea Cuba*, Alfaguara, Madrid, 1992, pp.273-281.）。カブレラ＝インファンテの説が正しいとすれば、ガルシア＝マルケスは嘘を用いてまで、米国にとって「好ましからざる人物」であろうとしていることになる。

やってもおかしくはない。

『マッコンド』とは別の方向へ

マッコンドの作家から、反米とは無縁のように見える『マッコンド』に戻ってみると、一人の作家の名前が輝いてくる。その作家とはメキシコ人ダビー・トスカーナのことである。『マッコンド』の序文を書いているチリ人の編者二人が明かしているが、『マッコンド』の構想にかかわった人物にはトスカーナも入っている。この短篇集はチリ人二名とメキシコ人一名の発案によって作業が始まったのだ。[11] しかしトスカーナは最終的に編者にはならなかった。のちにトスカーナはインタビューで『マッコンド』についてこう振り返っている。

『マッコンド』の序文はその口調からマニフェストのようになってしまったけれど、この短篇集に短篇が収められたぼくたちのなかで、ぼくを含む大部分の作家は、マニフェストとは考えていない。というのは、ぼくたちは序文を書いたアルベルト・フゲーとセルヒオ・ゴメスの考えに同調しているわけではないからだ。[12]

発案者の一人がこう言っていることは少々奇妙にも聞こえるが、グループの中に意見の相違があるのは当然といえば当然かもしれない。では同調しかねる部分はどのようなものなのか。少し長くなるが引き続きトスカーナの話を聞いてみよう。

［フゲーとゴメスの］この考えというのは、単純に要約するわけではないけれど、米国文化の決定的な影響を受け入れること、ラテンアメリカ文学は都会的であって田舎臭くあってはならず、今日的であるべきで、過去を掘り起こすことではないということだ。この点について言えば、何人かの作家は（特にぼくの場合だけれど）、何かとの断絶よりも継続的発展を信じる文学に属している。新しいと思われる何かを打ち立てることではない。結局文学では反復が頻繁に起きていて、ある本と別の本を異なるものにするのは、何らかの私的な提案、個人的な声だというのをぼくたちは知っている。それぞれの本にぼくたちが見つけるのは新しい文学ではなくて、何らかの言い方をするなら新しい声だ。だから思うのだけれど、ぼくはどちらかといえば、『マッコンド』の序文をぼくの世代のラテンアメリカ文学の提案だとは見なしてはいない。（中略）ぼくはその意味で、マッコンド的ではないだろうね。

［11］安藤哲行『現代ラテンアメリカ文学併走』、松籟社、二〇一一年、四三-五七頁。
［12］本稿で引用するインタビューの出典は以下の通り。Brescia, Pablo A. J. and Scott M. Bennett, "¿Nueva narrativa? Entrevista con David Toscana", *Mexican Studies/Estudios Mexicanos*, Vol.18, No.2(Summer 2002), pp.351-362.

トスカーナは実に率直な言い方で、チリ人編者が創出した「マッコンド」グループから距離を置いている。世代で言えば、トスカーナは一九六一年生まれ、チリ人編者のゴメスは六二年生まれ、フゲーは六四年生まれなので同世代である。ということは、世代で見てもフゲーとゴメスが提起した考えのほうが特殊であるということだ。このことはとても興味深い。

実際、トスカーナが『マッコンド』のためだと思って選び出した短篇はいくつも却下されることになる。「マッコンド」的でないからというのが理由だ。アメリカの文芸編集者にラテンアメリカ作家が「魔術的リアリズム」でないから却下されたのと同じことが起きているわけだ。結局彼は「難しい人生の夜」と題した短篇を入れてもらう。

それはロックバンドのボーカルが主人公の物語である。若くして地方都市（モンテレイ）でコピーバンドの一員となり、徐々にオリジナル曲も増やしていく。スペイン語でロックを歌うことが評価され、地元ではコンサートでスタジアムを満員にし、「モンテレイで最高のロッカー」という評判を得る。するとレコード会社に目をつけられる。ハンサムなボーカルは首都のメキシコシティにプロモーションに出かけ、プロデューサーとの打ち合わせやメディア取材を受ける。いざモンテレイに戻り、首都の経験を仲間に聞かせると、仲間との関係がぎくしゃくしてくる。仲間としては外見がいいのが取り柄で首都に行かせたのに、いっぱしの売れっ子になった気分になっているからだ。こうして彼はバンドから放り出される。そんな彼ももう年齢を重ね、未来のことが不安で仕方ない。今のバンドの稼ぎはゼロで、このままでは結婚式やパーティの余興として呼ばれるのがせいぜいだ。レストランで生演奏を聞かせて小銭を稼ごうとするが失敗に終わる。それがきっかけでまたしても仲間との関係が壊れ、バンドから追い出される。

地方のバンドマンの悲劇とでも言っていいこの作品中には米国のアニメ・キャラクターや英語圏ロックの歌詞などが頻繁に引用されるので、表面的に見るだけでも大衆文化を取り入れた作品である。もっとも、若者の首都進出とその挫折というストーリーはいかにも普遍的で、それこそ「第一世界」でも十分に書ける。地方の閉塞感、首都への憧れといった要素も取り立てて新奇なものでもない。トスカーナによれば、マッコンド的な作品を書いたのはこれが最初にして最後で、「自分の探求は別の方向へ」向かったと言っている。

では「別の方向」とはどこだろうか？　彼は「歴史を掘り起こすこと」、「ポップカルチャーよりも伝統的な要素」に興味があったと言う。その「別の方向」が実を結んだのが、長篇『天啓を受けた勇者たち』[13]ということになる。

メダルと国土の奪還

この『天啓を受けた勇者たち』でトスカーナははっきりと反米主義、反帝国主義を主題として採り

［13］Toscana, David, *El ejército iluminado*, Tusquets, Barcelona, 2006.

上げている。それは「歴史を掘り起こす」ことにほかならない。

メキシコのモンテレイを舞台とするこの小説で掘り起こされる対象としてオリンピックがある。一九〇八年ロンドン、一九二四年パリ、そして一九六八年メキシコのオリンピックである。競技はマラソン。

そしてもう一つ掘り起こされるのはモンテレイという場所である。モンテレイは十九世紀半ばの米墨戦争で戦場になった（モンテレイの戦い）。今は工業都市で距離的にも米国に近く、メキシコの中で最も米国的な都市だと言われている。この土地に生まれ、育ち、小説家になったのが作者トスカーナである。

この作品の反米主義がいかなるものかについては、内容紹介に勝るものはない。物語を追ってみよう。

一九二〇年代、青年イグナシオは、まだメキシコでマラソンというスポーツが定着していない頃、パリ・オリンピックに出場しようと日々練習に励んでいた。しかし出場が叶わなかった彼は、一九二四年七月十三日、パリ・オリンピックでマラソンが行われるのと同じ時刻にモンテレイで走り始める。パリの平地をイメージしてモンテレイの平地を選び、スイス製のストップウォッチを身につける。パリのメダル有力者は米国人クラレンス・デマーである。彼に勝つのが目標だ。

途中、沿道を歩くメキシコ人には珍しがられ、笑われながらもゴールした。タイムは二時間四十七分五十秒。仲間と祝杯を交わしていると、そのシーンをたまたま同席したカメラマンが写真に撮る。

ストップウォッチのタイムも写っている。

パリから届いた結果と照らしてみると、イグナシオは三位に入った米国人クラレンスよりも速いことがわかる。パリで走っていれば銅メダルだったわけだ。イグナシオはクラレンスに自分のゴール後の写真を添えて、彼にとっては当たり前の内容の手紙を書く。「豊かさでは米国に負けているが、マラソンの結果では勝っている。本来の持ち主に銅メダルを送ってほしい」。返事がこないので、二通目の手紙を書くときには、一九〇八年のロンドン・オリンピックのマラソンのエピソードを添える。「一位でイタリア人がゴールしたのに、なぜか二位でゴールした米国人が金メダルを受賞することになった。しかし人々の記憶に残っているのはイタリア人の方である。[14]あなたもその二の舞にならないように、メダルを私に送りなさい」。クラレンスから返事はなく、イグナシオは歴史の教師になる。

米国にメダルを奪われていい四十四年が過ぎた一九六八年、メキシコ・オリンピックが近づく頃、イグナシオは歴史の授業で、米墨戦争より前のメキシコの地図を見せ、いかに国土が広大であったかを生徒たちに示す。

[14] このエピソードは実話で、一位のイタリア人ランナーが関係者に支えられてゴールしたことに米国が抗議して、二位の米国人ランナーが金メダリストになっている。日本のマスコミでもよく取り上げられる（『朝日新聞』一九九六年三月十九日付朝刊、『読売新聞』二〇一二年四月十二日付朝刊など）。

イグナシオは、［地図上の］街の幾つかの名前、サン・アントニオ、ロサンゼルス、サン・フランシスコ、サンタ・バルバラを人差し指で叩く。生徒たちに、なぜスペイン語の名前が付いていると思うのかと尋ねる。モンテレイ湾を指差して言う。この場所は我々の街と同じ名前をしているけれど、どちらも、（…）ヌエバ・エスパーニャ副王領のモンテレイ伯爵、ドン・ガスパール・デ・スニガ・イ・アセベードに敬意を表して付けられている。なのにグリンゴどもは綴りからrを一つ取っている。というのも連中はrを二つ続けて発音できないからだ。[15]

イグナシオの歴史の授業は常にこうした反米的内容だったため、校長や生徒の親から苦情が寄せられている。生徒の中にも「米国の方が道路はいいし、服も安い。電気製品も性能がいいし、汚職もない。リオ・グランデに国境がなくて、もっと南、モンテレイの南に国境があれば、モンテレイの人は米国人になれたし、給料だってドルでもらえたのに」と言う者がいる。イグナシオはそういう生徒を「売国奴」と呼んで教室から追い出してしまい、それが原因で彼は学校をクビになる。

イグナシオは、いよいよ奪われたメダルと土地を取り戻す時が来たと見なし、生徒たちに声をかけて軍隊を組織しようと動きだす。テキサスへ進軍し、グリンゴたちに命ずるつもりだ。ただちにテキサスを後にせよ、さもなければ暴力的に立ち退いてもらうことになる、と。アラモ砦の奪還、それが彼らの目標である。

物語ではその後、イグナシオの誘いに乗った五名の生徒とイグナシオの進軍が語られる。案の定といえばいいのか、奪還は失敗に終わる。ある者は死に、ある者は日常に帰り、ある者は気が狂う。そして迎えた十月二十日、メキシコシティでマラソンの号砲が鳴るとき、イグナシオはモンテレイで二度目のマラソンをスタートさせる。今度こそ、メダルを取り戻そうとして。

メキシコ人によって書かれたキューバ文学

この物語を、現在のメキシコにおける反米主義の実態を描いたものと解する読者はメキシコにもそうそういまい。著者トスカーナを筋金入りの反米主義者、極端な国粋主義者だとみなす人もいまい。もちろんそういう読者がいたら興味深いとはいえ、やはりこの物語は書評や先行研究などでも指摘されるように、「ドン・キホーテ的」、「空想的な」ものとして読まれている。[16] イグナシオの発言にしろ、北への進軍にしろ、そのどれもが『ドン・キホーテ』における風車への突進と同じ種類のユーモアに満ちている。奪還の物語にオリンピックのマラソンが据えられているところにも、ある種の娯楽性が

［15］ Toscana, *El ejército iluminado*, pp.17-18.
［16］ Abeyta, Michael, “El humor negro, la burla de la modernidad y la economía del libro en la narrativa de David Toscana”, *Revista de Crítica Literaria Latinoamericana*, Año 36, No.72(2010), pp.415-436. など。

感じられる。

しかし、ではまったく荒唐無稽な空想物語と片付けられるだろうか。読み手はメダルや領土の奪還が根拠のあるものだと感じながら読み進めるだろう。米墨戦争を知らなくても、また、その際の米国による領土獲得の手口についての知識がなくても、ロンドン・オリンピックのマラソンにおける米国のメダルの奪い方（注14参照）にはさもありなんと思うのではないか。この物語は「第三世界」ならどこでも頻繁に起きていることを、メキシコの事例で語っているにすぎない。

現在の米国の領土内にあるスペイン語の地名について、おそらく（日本でも）ほとんどのスペイン語教師が、この物語のイグナシオのように話題を展開したことがあるだろう。スペイン語の定冠詞を教えるときには、「Los Ángeles（ロサンゼルス）」「Las Vegas（ラス・ベガス）」と現在の米国の地名に話が向くはずだ。

「いっそ米国人に生まれたかった」という生徒の反論。これは物語の設定では一九六八年の出来事にもかかわらず、決して古い話には聞こえない。この発想には、メキシコのように日に日に米国化が進む国に行き渡る恐るべき諦念が映し出されている。「米国人に生まれたかった」というのは、「マッコンド」現象の一つの表れだ。短篇集『マッコンド』の編者の一人アルベルト・フゲーは、かつてはメキシコの領土、現在は米国の領土のカリフォルニア育ちである。

この小説では、過去の米国による収奪行為としてメダルや領土のことが掘り起こされるが、それは昔話がしたいからではない。過去と現在が何ら変わっていないことを示すためである。そもそも米国勢力の南下は二十世紀末に始まったことではない。メキシコの場合、十九世紀からすでにその巨大な影響力がのしかかっている。

巨大な力の抑圧を受けている期間が長くなると、人は気づかぬうちにそれを既成の事実だと諦めてしまう。米国人に生まれたかった、と。こうして米国文化は我々の日常生活に影響を及ぼす。しかもそれと同時に何かが、メダルや領土ではなく、ほかならぬ尊厳が奪われていることを忘れてしまうのだ。ハバナにある広場が「尊厳のための広場」と名付けられたことを思い出しておきたい。

この物語は、そんな風に眠らされた、眠っているうちに忘れ去られた抵抗の力の目を覚まそうとして構想された。もちろん取り戻すまでの道のりは果てしなく長い。そしてその抵抗の物語の行く末は、小説で書かれているとおり悲劇なのか。だとすれば、あまりに悲しすぎるが、おそらくそうではない。この物語はそうなってはいけないという呼びかけなのだろう。

筆者がこの本の存在を知ったのは、キューバの文芸評論家ホルヘ・フォルネーの文章を通じてだった。[17] ホルヘ・フォルネーはラファエル・ロハスとほぼ同世代だが、先に触れたキューバのカサ・デ・

［17］Fornet, Jorge, “Narrar Latinoamérica a la luz del bicentenario”, *Elogio de la incertidumbre*, Unión, La Habana, 2014, pp.7-34.『天啓を受けた勇者たち』とともに、ペドロ・レメベル（チリ）、マリオ・ベジャティン（メキシコ）が論じられる。

ラス・アメリカスに籍を置き、雑誌「カサ」の編集を担いながら、キューバ文学の批評を続けている。そして彼の所属する機関がこの小説に賞を与えている。[18] 多くの場合、何かの受賞作であれば本の裏表紙あたりで触れられてもいいのだが、トゥスケッツ出版のこの小説にはそういう言及がない。キューバ発の文学賞受賞は悪いイメージを与えるとでもいうのだろうか。ただ、欧米で注目される作品を追いかけていては、この小説を知ることはなかっただろう。こういう小説の存在を知ることのできない文学制度がすでに我々の周りには出来上がっているからだ。

そんななか、カサ・デ・ラス・アメリカスは創設以来、主にラテンアメリカの作品を顕彰し、作品に一定の価値を与えている。そして文学賞以外でも、古典であれ、現在書き続けている作家の作品であれ、叢書に入れてキューバ版を刊行している。「肯定の詩学」の中心は現在ここにある。これらの書物に価格は付けられているが、それはあくまで象徴的なものに過ぎない。商業出版というよりは、読まれるべき作品として多くの人の目に留まることを目的としている。現在このように書物の出版を行なっている機関が、あるいは出版社があるだろうか。それらの書店がラテンアメリカのどこかのショッピング・モールにあるだろうか。

革命によって生み出されたこのような文学制度は、キューバによる「第三世界」文学の創設でもある。キューバがこの本を顕彰することによって作品に特別な価値を与えること。これは、二十一世紀の「第三世界文学」の立ち上げを目指したものだ。

キューバとマイアミの間にはわずか九十マイルしかない。しかしこれほどに隔たっている九十マイルは、世界のほかのどの場所にもない。米国から最も遠いキューバに視座を置くからこそ見えるものがあって、それが、米国国境すぐ近くの、最も米国的な都市モンテレイで書かれたこの小説である。この作品はメキシコ人によって書かれたキューバ文学なのである。

［18］http://www.casadelasamericas.org/premios/literario/honorificos/arguedas/2008/acta.htm（最終アクセス二〇一八年一月二十三日）

主要文献一覧

※引用文献は原則として本文中の脚注に示してある。ただ、章の体裁上、すべての文献を脚注で示せなかったため、そうした文献も含めたうえ、以下に本書の主要文献を示す。

●外国語文献

Alberto, Eliseo, *Dos Cubalibres*, Océano, México, D.F., 2005.

Anderson, Thomas F., *Everything in its place: The life and works of Virgilio Piñera*, Lewisburg, Bucknell University Press, 2006.

Arenas, Reinaldo, *Nececidad de Libertad*, Kosmos-Editorial, México, D.F., 1986 / Universal, Miami, 2001.

——, *Antes que anochezca*, Tusquets, Barcelona, 1994.

Basile, Teresa (comp.), *La vigilia cubana: Sobre Antonio José Ponte*, Beatriz Viterbo, 2008.

Bergmann, Emillie L. and Smith, Paul Julian, *¿Entiendes?: Queer Readings, Hispanic Writings*, Duke University Press, Durham and London, 1995.

Brathwaite, Kamau, *La unidad submarina: Ensayos caribeños (Selección, estudio preliminar, entrevista y traducción de*

Florencia Bonfiglio), Katatay, Buenos Aires, 2010.
Cabrera Infante, Guillermo, *Vidas para leerlas*, Alfaguara, Madrid, 1998.
——, *Mea Cuba*, Alfaguara, Madrid, 1999.
Casal, Lourdes, *El caso Padilla: Literatura y Revolucion en Cuba: Documentos*, Universal, Miami, 1971.
Casamayor-Cisneros, Odette, *Utopía, distopía e ingravidez: Reconfiguraciones cosmológicas en la narrativa postsoviética cubana*, Iberoamericana, Madrid, 2012.
Casañas, Inés, and Fornet, Jorge, *Premio Casa de las Américas: Memoria 1960-1999*, Casa de las Américas, La Habana, 1999.
Castro, Fidel, *Palabras a los intelectuales*, Ediciones del Consejo Nacional de Cultura, La Habana, 1961.
Ciclón, vol.1-4, 1955-1959, La Habana.
Cofiño López, Manuel, *La última mujer y el próximo combate*, Siglo XXI, México, D.F., 1972.
Cuento cubano del siglo XX, Fondo de Cultura Económica, México, D.F., 2002.
Cuesta, Mabel, *Cuba post-soviética: un cuerpo narrado en clave de mujer*, Cuarto propio, Santiago, 2012.
Daroqui, María Julia, *Escrituras heterofónicas: Narrativas caribeñas del siglo XX*, Beatriz Viterbo, 2005.
Desnoes, Edmundo, *Memorias del subdesarrollo*, Unión, La Habana, 1965.
——, *Inconsolable Memories*, translated by the author, foreword by Jack Gelber, André Deutsch, London, 1968.
——, *Memories of Underdevelopment*, translated from the Spanish by the author, Penguin Books, Middlesex, 1971.
——, *Memories of Underdevelopment*, translated by Schaller, Al, Latin American Literary Review Press, 2004.
——, *Memorias del subdesarrollo*, Mono Azul Editora, Madrid, 2006.
Díaz, Jesús, *Canto de amor y de guerra*, Letras Cubanas, La Habana, 1979.
——, *Siberiana*, Espasa Calpe, Madrid, 2000.

——, *The Initials of the Earth*, Duke University Press, Durham and London, 2006.
Díaz Infante, Duanel, *La Revolución congelada: Dialécticas del castrismo*, Verbum, Madrid, 2014.
Diez poetas cubanos: 1937-1947 (Antología y notas de Cintio Vitier), Ediciones "Orígenes", La Habana, 1948.
El futuro no es nuestro: Nueva narrativa latinoamericana, Eterna Cadencia, Buenos Aires, 2009.
Encuentro de la cultura cubana, 1-53/54, 1996-2009, Madrid.
Ensayo cubano del siglo XX, Fondo de Cultura Económica, México, D.F., 2002.
Fernández Retamar, Roberto, *Para una teoría de la literatura hispanoamericana*, Instituto Caro y Cuervo, Bogotá, 1995.
Fornet, Ambrosio, *Memorias recobradas: Introducción al discurso literario de la diáspora*, Capiro, Santa Clara, 2000.
Fornet, Jorge, *El 71: Anatomía de una crisis*, Letras Cubanas, La Habana, 2013.
——, *Elogio de la incertidumbre*, Unión, La Habana, 2014.
Fuguet, Alberto and Gómez, Sergio (ed.), *McOndo*, Mondadori, Barcelona, 1996.
García Cruz, Michel (ed.), *Mañana hablarán de nosotros: Antología del cuento cubano*, Dos Bigotes, España, 2015.
García Márquez, Gabriel, *De Europa y América*, Mondadori, Barcelona, 1992.
——, *Notas de prensa*, Mondadori, Barcelona, 1999.
Garrandés, Alberto (ed.), *Aire de luz: cuentos cubanos del siglo XX*, Letras Cubanas, La Habana, 1999.
—— (ed.), *La ínsula fabulante: el cuento cubano en la Revolución (1959-2008)*, Letras Cubanas, La Habana, 2008.
Gordon-Nesbitt, Rebecca, *To Defend the Revolution is to Defend Culture: The Cultural Policy of the Cuban Revolution*, PM Press, Oakland, 2015.
Gremels, Andres and Spiller, Roland (eds.), *Cuba: La Revolución revis(it)ada*, Narr Francke, Tübingen, 2010.
Guillén, Nicolás, *Obra poética (1922-58)*, Letras Cubanas, La Habana, 1985.
Gutiérrez Alea, Tomás, *Memories of Underdevelopment (Rutgers Films in Print)*, Rutgers University Press, New Brunswick

and London, 1990.

Instituto de Literatura y Lingüística de la Academia de Ciencias de Cuba, *Diccionario de la literatura cubana: Tomo I-II*, Letras Cubanas, La Habana, 1980.

Isla tan dulce y otras historias: cuentos cubanos de la diáspora, Letras Cubanas, La Habana, 2002.

Katatay, 1/2-, 2005-, La Plata.

La política cultural del período revolucionario: Memoria y reflexión, Ciclo de conferencias organizado por Centro Teórico-Cultural, La Habana, 2007.

Lalo, Eduardo, *Simone*, Corregidor, Buenos Aires, 2012.

López-Cabrales, María del Mar, *Arenas cálidas en alta mar: entrevistas a escritoras contemporáneas en Cuba*, Cuarto propio, Santiago, 2007.

López Sacha, Francisco (ed.), *Cuentos cubanos*, Centro Cultural Pablo de la Torriente Brau, La Habana, 1999.

Loss, Jacqueline, *Dreaming in Russian: The Cuban Soviet Imaginary*, University of Texas Press, 2013.

Loss, Jacqueline and Prieto, José Manuel, *Cavier with Rum: Cuba-USSR and the Post-Soviet Experience*, Palgrave macmillan, 2012.

Loynaz, Dulce María, *Poemas sin nombre*, Aguilar, Madrid, 1953.

Lumsden, Ian, *Machos, Maricones and Gays: Cuba and Homosexuality*, Temple University Press, Philadelphia, 1996.

Mary G. Berg (ed.), *Open Your Eyes and Soar: Cuban Women Writing Now*, White Pine Press, Buffalo, 2003.

Molinero, Rita (ed.), *Virgilio Piñera: La memoria del cuerpo*, Plaza Mayor, San Juan, 2002.

Moreno Fraginals, Manuel, *Cuba/España España/Cuba: Historia común*, Grijalbo Mondadori, Barcelona, 1995.

Mujeres como islas: Antología de narradoras cubanas, dominicanas y puertorriqueñas, Unión, La Habana/ Ferilibro, Santo Domingo, 2002.

Orígenes, vol. I-VI, 1944-1956, La Habana.
Otero, Lisandro, *Llover sobre mojado: Una reflexión personal sobre la historia*, Letras Cubanas, La Habana, 1997.
Padilla, Heberto, *La mala memoria*, Plaza & Janés, Barcelona, 1989.
——, *Fuera del juego: Edición conmemorativa 1968-1998*, Universal, Miami, 1998.
Piñera, Virgilio, *La vida entera*, UNEAC, La Habana, 1969.
——, *Poesía y crítica*, Consejo Nacional para la Cultura y las Artes, México, D.F., 1994.
——, *Cuentos completos*, Alfaguara, Madrid, 1999.
——, *La isla en peso*, Tusquets, Barcelona, 2000.
——, *Cuentos fríos/El que vino a salvarme*, Cátedra, Madrid, 2008.
Poesía cubana del siglo XX, Fondo de Cultura Económica, México, D.F., 2002.
Ponte, Antonio José, *El libro perdido de los Origenistas*, Renacimiento, Sevilla, 2004.
——, *La comida profunda*, Beatriz Viterbo, 2010.
——, *Corazón de skitaliez*, Beatriz Viterbo, 2010.
Ponte, Antonio José, Bernabé, Mónica, Zanin, Marcela, *El abrigo del aire: Ensayos sobre literatura cubana*, Beatriz Viterbo, 2001.
Ramírez Cañedo, Elier (comp.), *Un texto absolutamente vigente: A 55 años de Palabras a los intelectuales*, Unión, La Habana, 2016.
Rodríguez Feo, José, *Mi correspondencia con Lezama*, Era, México, D.F., 1991.
Rojas, Rafael, *El arte de la espera: Notas al margen de la política cubana*, Colibrí, Madrid, 1997.
——, *Isla sin fin*, Universal, Miami, 1998.
——, *Un banquete canónico*, Fondo de Cultura Económica, México, D.F., 2000.

——, *La política del adiós*, Universal, Miami, 2003.
——, *Tumbas sin sosiego: Revolución, disidencia y exilio del intelectual cubano*, Anagrama, Barcelona, 2006.
Salto, Graciela (ed.), *Memorias del silencio: Literaturas en el Caribe y Centroamérica*, Corregidor, Buenos Aires, 2010.
—— (ed.), *Ínsulas y poéticas: figuras literarias en el Caribe*, Biblos, Buenos Aires, 2012.
Santí, Enrico Mario, *Bienes del siglo: Sobre cultura cubana*, Fondo de Cultura Económica, México, D.F., 2002.
Soto, Francisco, *Conversación con Reinaldo Arenas*, Betania, Madrid, 1990.
Strausfeld, Michi (ed.), *Nuevos narradores cubanos*, Siruela, Madrid, 2000.
Thomas, Hugh, *Cuba or The Pursuit of Freedom*, Da Capo Press, New York, 1998.
Toscana, David, *El ejército iluminado*, Tusquets, Barcelona, 2006.
Vega Serova, Anna Lidia, *Ánima fatua*, Letras Cubanas, La Habana, 2007.
Voces cubanas: Jóvenes cuentistas de la Isla, Editorial Popular, Madrid, 2005.
Wilkinson, Stephen, *Detective Fiction in Cuban Society and Culture*, Peter Lang, 2006.

◉日本語文献

ルイ・アルチュセール『再生産について——イデオロギーと国家のイデオロギー諸装置』（西川長夫他訳）、平凡社、二〇一〇年。

レイナルド・アレナス『夜になるまえに』（安藤哲行訳）、国書刊行会、一九九七年。

安藤哲行『現代ラテンアメリカ文学併走』、松籟社、二〇一一年。

ガブリエル・ガルシア＝マルケス『十二の遍歴の物語』（旦敬介訳）、新潮社、一九九四年。

アレッホ・カルペンティエル『エクエ・ヤンバ・オー』（平田渡訳）、関西大学出版部、二〇〇二年。

キューバ教育省編『キューバの歴史』（後藤政子訳）、明石書店、二〇一一年。

ニコラス・ギリェン『ギリェン詩集』（羽出庭梟訳）、飯塚書店、一九七四年。

エルネスト・ゲバラ『ゲバラ選集4』（内山祐以智他訳）、青木書店、一九六九年。

小岸昭他編『ファシズムの想像力』、人文書院、一九九七年。

小森陽一編『岩波講座　文学10』、岩波書店、二〇〇三年。

ヴィトルド・ゴンブローヴィッチ『フェルディドゥルケ』（米川和夫訳）、平凡社ライブラリー、二〇〇四年。

——『トランス＝アトランティック』（西成彦訳）、国書刊行会、二〇〇四年。

坂田幸子『ウルトライスモ——マドリードの前衛文学運動』、国書刊行会、二〇一〇年。

ホセ・ソレル・プイグ『ベルチリヨン166——キューバ革命の一日』（飯田規和訳）、新日本出版社、一九六三年。

エドムンド・デスノエス『いやし難い記憶』（小田実訳）、筑摩書房、一九七二年。

——『低開発の記憶』（野谷文昭訳）、白水社、二〇一一年。

野崎歓編『文学と映画のあいだ』、東京大学出版会、二〇一三年。

オクタビオ・パス『泥の子供たち』（竹村文彦訳）、水声社、一九九四年。

レオ・ヒューバーマン、P・M・スウィージー『キューバ』（池上幹徳訳）、岩波書店、一九七二年。

エンリーケ・ビラ＝マタス『バートルビーとその仲間たち』（木村榮一訳）、新潮社、二〇〇八年。

真木悠介『時間の比較社会学』、岩波書店、一九八一年。

ライト・ミルズ『キューバの声』（鶴見俊輔訳）、みすず書房、一九六一年。

村田宏『トランスアトランティック・モダン——大西洋を横断する美術』、みすず書房、二〇〇二年。

モダニズム研究会編『モダニズム研究』、思潮社、一九九四年。

マヌエル・モレーノ・フラヒナル『砂糖大国キューバの形成：製糖所の発達と社会・経済・文化』（本間宏之訳）、エルコ、一九九四年。

柳原孝敦『ラテンアメリカ主義のレトリック』、エディマン、二〇〇七年。

ブライアン・ラテル『フィデル・カストロ後のキューバ』（伊高浩昭訳）、作品社、二〇〇六年。

初出一覧

※本書は以下の論文あるいは学会発表を基にしている。ただし大幅に加筆修正したものがある。

序章

「キューバ、肯定の詩学と否定の詩学」、『立命館言語文化研究』、二三巻二号、一一三―一二〇頁、二〇一一年。

第一章・第二章

「キューバ・アヴァンギャルドとビルヒリオ・ピニェーラ」、『立命館言語文化研究』、二二巻四号、八九―一〇七頁、二〇一一年。

第三章

「革命とゴキブリ――作家・レイナルド・アレナス前夜」、『ユリイカ』、三三巻一一号、一六〇―一六六頁、二〇〇一年。

第四章

「騒々しい過去と向き合うこと――ラファエル・ロハス『安眠できぬ死者たち』をめぐって」、『ラテンアメリカ研究年報』、二七号、一五六―一七四頁、二〇〇七年。

第五章
「『低開発の記憶』にみる植民地知識人の戦略――カリブ文学論（その1）」、『総合文化研究』、一八号、五四-六五頁、二〇一四年。

第六章
「亡命地としてのアルゼンチン――アントニオ・ホセ・ポンテとカリブ文学研究をめぐって」、『れにくさ』、四号、九二-一〇六頁、二〇一三年。

第七章
「文学におけるキューバ革命の有効性」、日本ラテンアメリカ学会第三八回定期大会、東京大学、二〇一七年六月三日（口頭発表）。

第八章
「ポストソ連時代のキューバ文学を読む――キューバはソ連をどう描いたか?」、『れにくさ』、六号、一二九-一四〇頁、二〇一六年。

第九章
「反マッコンド文学――二十一世紀キューバにおける第三世界文学とダビー・トスカーナ『天啓を受けた勇者たち』」、『総合文化研究』、二〇号、四八-五七頁、二〇一六年。

あとがき

人びとの愛に包まれる島の重さ

ビルヒリオ・ピニェーラ

キューバ文学について書いた文章がたまってきたので本にしようと考えはじめたのが、もう二年ぐらい前になる。その時点ではまだきちんとした形になるほどの量がなく、ではまとまりのある本にするためにはどこが欠けているのだろうかと考え、その後書き足したり、一本の論文を二つに割ったりして、最終的に序章と九つの章をそろえた。序章の「否定の詩学」と「肯定の詩学」というアイディアはもともと別のところに書いたことがあったものを利用して、この本のために新しく書き改めた。

第一部に書かれたものが古く、第三部が新しいから、だいたい書いた順番通りに並んでいる。最初に書いたアレナスについての文章から数えると、なんと驚くことに二十年近くかけて書いている。

読み返してみると、似たような話を繰り返し書いてばかりで我ながらあきれ返ったりして、少々書き換えた。とはいえ、まったく書き換えるわけにはいかないものもある。二十年の行きつ戻りつとしか言いようがないのがこの本である。

何も知らなかったわたしにとってキューバ文学の入り口には、レイナルド・アレナスやビルヒリオ・ピニェーラ、エベルト・パディーリャのような革命と折り合わなかった作家が立っていた。島では不遇だったけれども、そのことで逆に海外では伝説的になった人たちである。しかし彼らの作品を読み進めるうちに、もっともっとキューバ文学を知りたいという気持ちが抑えられなくなって、深入りしていった。それはつまり島の内側で起きていたことに関心を広げることでもあった。第二部、特に冒頭の知識人論はキューバに深入りするきっかけになったものだ。革命を経て、キューバは西洋世界なのか、それとも第三世界なのかという問題が浮かび上がってくる。最近になって書いた論文が入っている第三部では、第三世界文学としてのキューバ文学の可能性を考えてきたつもりである。

その都度自分の関心にしたがって書いてきたわけだが、あえて俯瞰的に見るとしたら、まずキューバ文学を外から内へ、次いで内から外へ向かって読んできたように思う。

さて、どうやって本を終わらせようか、悩んだ。せっかくだから締めくくりにあらためてハバナの街を歩いてみることにした。この物語の登場人物たちはみんなハバナと関係があるし、何よりもみんなハバナが好きだからだ。

キューバ文学とハバナ、本書にとってふさわしい象徴的な出発点はどこだろう？　はたと思い立ったのが書店「モデルナ・ポエシーア（La Moderna poesía）」である。意味は「近代詩」。

この書店はハバナ旧市街の広場を東から西に進んでいくと、旧市街のほぼ終点に位置する。教会や石畳の旧市街、ハバナでもいちばん古い地区（城壁の内部）をあとにして、次の地区であるセントロ・ハバナがすぐそこに見えるところだ。書店の建築様式は、まわりとはひと味違うアール・デコで、大きな白い石の塊に口が開いたようなファサードである。一九三〇年代の終わり頃に建てられたこの書店が、新しいキューバの文学を準備したのだった。

この本でとりあげるキューバ文学は、ぎりぎり旧市街に位置するこの書店から西のセントロ・ハバナの方向に少しずつ、行きつ戻りつ動いていく。東から西へ。これがわたしの追ったキューバ文学の流れである。

レサマ＝リマはもともとこの書店の近く、旧市街とセントロ・ハバナの境界線となるプラド通りに住んでいたのだが、書店「近代詩」が開いた頃、西の方角、トロカデロ通り一六二番地に移っている。東側の書店まで歩いて通えただろう。その後、生涯彼はトロカデロから動かない。彼の原稿はセントロ・ハバナという、いまでは庶民的で雑然とした長屋街の小さな書斎で生まれたことになる。面白いことに、ほぼ同じ頃、カブレラ＝インファンテがトロカデロからすぐ近くの、やっぱり旧市街とセントロ・ハバナの境界線にあるスルエタ通りのアパートに引っ越してきて、彼の人生の新しい一ページが、同じくこのセントロ・ハバナで開始されたのだ。

一方、ヴィフレード・ラムの『ジャングル』がどこで描かれたのかというと、ハバナ郊外のマリアナオ地区の一軒家である（現在のマリアナオ四一番通り）。ヨーロッパからキューバに戻った後、彼は友人のツテでその家を借り、『ジャングル』を含むいくつかの大作を仕上げた。画家としてのキャリアを認めてくれる人のいない、しかしのどかな地区にいたラムは、セントロ・ハバナのむさ苦しいところにいたレサマ＝リマによってキューバ文化の文脈に引き入れられたわけだ。

もちろんビルヒリオ・ピニェーラもセントロ・ハバナの住人だった。レサマのトロカデロから、海岸通り《マレコン》と平行に、西へ十分ぐらいのところにあるヘルバシオ通り一二一番地の二階である。彼の物語の多くはこのバルコニーで書かれた。「島の重さ」もここで書かれたのかもしれない。

現在は博物館になっているレサマの自宅から歩いてピニェーラの住居跡まで来てみると、街の風景がやや変わっていることに気づく。トロカデロのあたりはなんとなく低く、じめっとしていたが、少し開けたところに来た感がある。このあたりではひときわ高い二十階以上の高層ビルがそびえ立っているからだろう。このビルは、革命前に活躍したキューバ人建築家ニコラス・キンタナによって元は銀行のために建設され、現在は病院として使われている。ピニェーラがセントロ・ハバナを離れ、ブエノスアイレスに住んでいるあいだにビルの建築は進み、このあたりはどんどん現代的になっていったものと推測する。ヘスス・ディアスはのちに建築家キンタナの偉業を称えることになる。

セントロ・ハバナをさらに西に行くと、いつしかハバナ大学の丘をのぼっている。本書に出てくる多くの作家がこの大学で学び、この界隈に住んでいた。身を寄せ合うように暮らす、路地の集積とも言えるセントロ・ハバナよりも、ずっと公共性の高い地域である。レサマが『オリーヘネス』を出す前に携わっていた文芸誌はハバナ大学法学部の学生自治会が編集母体だった。ピニェーラはこの地区で晩年を暮らし、亡くなった病院はハバナ大学のすぐ近くにある。アレナスがフィデル・カストロと出会ったホテルはこの地区の象徴的な建物である。その名をベダードというこの地区こそは一九五〇年代のキューバ文学の中心地になるだろう。

東のセントロ・ハバナから西の現代的ベダードへの文化の移動を物語るエピソードを一つあげよう。

雑誌『オリーヘネス』の編集部はもともと、書店「近代詩」よりもさらに東側、旧市街にあったのだが、刊行後、ほどなくしてロドリゲス＝フェオの住んでいた西のベダードに引っ越している。ところがレサマとロドリゲス＝フェオが仲違いしたあと、レサマは東の自宅に戻って、そこから自分の『オリーヘネス』を発信する。一方、ロドリゲス＝フェオ版の『オリーヘネス』は西のベダードにある彼の自宅から発信されるのだ。編集の拠点がセントロ・ハバナとベダードという地区の新旧対決になっているのが面白い。その後ロドリゲス＝フェオは『オリーヘネス』の看板を捨て、ピニェーラと『シクロン』を刊行する。ピニェーラは創刊号にこう書いている。「昔は忘れて新しいことをはじめようではないか」。その編集部はもちろんベダードにある。ロドリゲス＝フェオとともに文化の中心は東から西へ動いていくが、その動きにピニェーラは乗り、レサマは乗らなかったのだ。

セントロ・ハバナの西に広がり、アルメンダーレス川を極西とするベダード、この広大な地区には一九五〇年代を通じ、巨大な建築物――高級アパートやホテル、レストラン、映画館――、あるいは富裕層の住居が建てられていく。富裕層の多くは革命後国を去り、接収が行われる。革命はこの地区に整備されたインフラに支えられたのだ。

大学からさらに西に行くと、作家芸術家協会（UNEAC）がある。協会の本部となっているのは堅牢で大きな建物だが、これはカタルーニャ出身でハバナに在住した実業家の邸宅跡だ。革命後にできた協会はここに入り、代表にニコラス・ギジェンがついて、アレナスもパディーリャもここが主催する文学賞を受賞し、ともにそれがきっかけで転機を迎える。アレナスはここで催された文学賞の授賞式でピニェーラと知り合い、彼に『めくるめく世界』を捧げることになる。パディーリャが自己批判を行なった場所もまさしくここだ。

一九五〇年代に建設が進められた最も大きな公共空間はさらに西に行った現在の革命広場である。フィデル・カストロが死んだ翌日、すでに追悼行事の準備が進められるなかを、わたしはたまたまこの広場を抜けて空港へ向かっていたのだが、革命広場と呼ばれるだけあって、周辺にはホセ・マルティ記念塔を中心に多くの政府機関の建物がある。その多くに革命の英雄のレリーフが飾られ、まるで革命一色の感がある。経緯を知らなければ、革命後に建造されたものとしてこれらの建物を眺めてしまうかもしれない。

しかし、当初この広場は市民広場、のちに共和国広場という名称をもっていた。この広場を含め、周囲にある建物群のほとんどは革命よりも前に建造されていた。そんな建物の一つがこの広場の一角を占める国立図書館で、アレナスは作家になりたくて農業会計士になるのをやめ、ここで働いていた。多分その頃この図書館の会議室で、フィデル・カストロとピニェーラらの間で討論の場が何度も持たれ、革命文化についてかなり深刻な議論が展開していたのだ。

国立図書館から一気に海を目指して大通りを北に進む。海のすぐ手前に見えてくる灰色の建物がカサ・デ・ラス・アメリカスである。ここも再利用物件だ。やはり邸宅跡で、その後改築を経て、革命後にこの組織の本部になった。建築様式は書店「近代詩」と同じ、アール・デコである。ここで編集された雑誌にはピニェーラの小説も、パディーリャの自己批判も、ガルシア＝マルケスの短篇も掲載されている。立地としては北の海に面し、米国に対峙するように立っている。ここから先に行くには海へ出なくてはならないかのようで、一種の境界線だ。ここがとりあえずの終点となるだろうか。

こうして東の書店から西のカサ・デ・ラス・アメリカスまで辿ってみると、これまた我ながらあきれ返るほど限定的な空間を見てきたに過ぎないことがわかる。ハバナではこの地区以外にはほとんど訪れたことがない。そんなことなら何度もハバナまで出かける必要がないのではないかと思われそうだが、そうでもない。キューバの本のなかにはなかなか国外には出ないものも多く（アメリカの大学の図書館が買い取っているという事実はあるが）、いかにテクノロジーが発達したところで、訪れなければ入手できない。

ハバナを知るうちに書物というものへの考え方も変わっていった。ここでは革命前に刷られた豪華な装丁の本から、質の悪い紙を綴じただけの革命後の本まで、いろんな本に出会った。初版本を手に入れることもできた。そのような、現地でしか入手できない書物も参照したことから、本書で触れている詩や小説は日本語になっていないものが多くなってしまった。スペイン語や英語、フランス語でキューバ文学を読める人に比べれば、圧倒的に日本語は不利である。だからこれからは、ここで紹介した小説や詩を、可能性のあるかぎり少しずつ日本語にして、日本でキューバの文学が話題にできるような環境を作っていきたい。

ヨーロッパ・アヴァンギャルドからの脱却、米国を眼の前にしての社会主義文化の立ち上げと崩壊。そして「島の重さ」をめぐる議論。これらはキューバのみならず、植民地経験をもつさまざまな地域の文学研究に多様な論点を切り開くものと考えている。

本書は科学研究費補助金・基盤研究（C）「キューバ国民文学編成における『キューバ性』の研究」（二〇一〇―一三年度、研究代表者：久野量一、研究課題番号：二二五二〇三七四）、および科学研究費補助金・基盤研究（C）「宗主国の交代と植民地――二十世紀スペイン語圏カリブ地域文学における共同性意識の研究」（二〇一四―継続中、研究代表者：久野量一、研究課題番号：二六三七〇三九六）の研究成果の一部でもある。

本書ができるまでには多くの方にお世話になった。名前を挙げるのは控えるが、発表する機会を与えてくださった方々に感謝申し上げる。とりわけ、立命館大学国際言語文化研究所の研究プロジェクト「環カリブ地域における言語横断的な文化／文学研究」（二〇一一年度―継続中）の参加メンバーからは多くの刺激を受けた。

装画を描いてくださったのは松浦寿夫さんである。原稿の最後の段階にさしかかっているときに無理にお願いをしたので諦めかかっていたところ、素晴らしい絵を目の前に差し出してくださった。

最後に、松籟社編集部の木村浩之さんがいなければ本書は形にはならなかった。木村さんには同社の「創造するラテンアメリカ」シリーズのときからお世話になりっぱなしである。二年前に論文を全部読んでくださるところにはじまり、タイトル、構成、索引その他、本書完成に至るあらゆる作業にとてつもない労力を注いでくださった。感謝してもしきれない。本当にありがとうございました。

二〇一八年二月—三月　ハバナ—東京

久野量一

◉ 索引 ◉

本文・注で言及された人名、作品名、媒体名、歴史的事項等を配列した。作品名には作者名を括弧内に付記した。

[英数字]

『*P.M.*』　83, 172

[あ]

アイラ，セサル（Aira, César　1949- ）　152
アヴァンギャルド運動（ラテンアメリカにおける）　11-13, 26, 75
『アウローラ（*Aurora*）』　66-68
アストゥリアス，ミゲル・アンヘル（Asturias, Miguel Ángel　1899-1974）　12
アソリン賞　174
『圧力とダイヤモンド（*Presiones y diamantes*）』（ピニェーラ）　38
アバッド・ファシオリンセ，エクトル（Abad Faciolince, Héctor　1958- ）　64
アメリカニズム　12-14, 26, 33, 39, 68, 70, 72, 75
アヤラ，フランシスコ（Ayala, Francisco　1906-2009）　69, 137
アランゴ，アルトゥーロ（Arango, Arturo　1955- ）　166
アルゲーダス，ホセ・マリア（Arguedas, José María　1911-1969）　153
アルチュセール，ルイ（Althusser, Louis Pierre　1918-1990）　167
アルベルト，エリセオ（Alberto, Eliseo　1951-2011）　101, 174-176
アルルト，ロベルト（Arlt, Roberto　1900-1942）　64
アレナス，レイナルド（Arenas, Reinaldo　1943-1990）　20, 38, 77-87, 95, 98, 110
安藤哲行　79, 213
『安眠できぬ死者たち（*Tumbas sin sosiego: Revolución, disidencia y exilio del intelectual cubano*）』（ロハス）　91-112
飯田規和　169

『怒りのキューバ（*Soy Cuba*）』　180
石井康史　13
石丸敦子　183
『苺とチョコレート』 → 『狼と森と新しい人間』
『忌まわしき記憶（*La mala memoria*）』（パディーリャ）　95
『いやし難い記憶』 → 『低開発の記憶』
『インプロパー・コンダクト（*Improper Conduct*）』　46
『ウルビーノの情熱（*Pasión de Urbino*）』（オテロ）　27
『エクエ・ヤンバ・オー（*Écue-Yamba-Ó*）』（カルペンティエル）　12-13
エステベス，アビリオ（Estévez, Abilio　1954- ）　38-39, 101
『エスプエラ・デ・プラタ（*Espuela de Plata*）』　102
エラルデ，ホルヘ（Herralde, Jorge　1935- ）　175
『エル・アレフ（*El aleph*）』（ボルヘス）　60
『エル・カイマン・バルブード（*El Caimán Barbudo*）』　28, 108
『エンクエントロ（*Encuentro de la cultura cubana*）』　97, 109, 139, 190
『狼と森と新しい人間（*El lobo, el bosque y el hombre nuevo*）』（＝『苺とチョコレート』）（パス）　82
オカンポ，ビクトリア（Ocampo, Victoria　1890-1979）　60, 66-67
小田実　114-116
オテロ，リサンドロ（Otero, Lisandro　1932-2008）　27-28
オルテガ・イ・ガセー（José Ortega y Gasset　1883-1955）　43, 137
『オリーヘネス（*Orígenes*）』　10, 20, 25-26, 33, 54, 60-61, 68, 74, 104-105
オルティス，フェルナンド（Ortiz, Fernando　1881-1969）　15, 52, 96, 98, 105, 153, 157
『愚かな魂（*Ánima fatua*）』（ベガ・セローバ）　194

［か］
『革命期の文化政策——記憶と反省（*La política cultural del período revolucionario: Memoria y reflexión*）』　165
「革命的警察小説（La novela policial revolucionaria）」　168
『革命の物語（*Historias de la Revolucion*）』（グティエレス＝アレア）　168
「カサ（*Casa*）」　30, 207, 222
カサ・デ・ラス・アメリカス　30, 34, 166, 207, 221-222
カシオペア出版　174-175
カステジャーノス・モヤ，オラシオ（Castellanos Moya, Horacio　1957- ）　151

カストロ，フィデル（Castro, Fidel Alejandro　1926-2016）　29, 38, 48-49, 77, 83, 91-93, 99, 103-104, 107-108, 110, 112, 166, 177, 189-190
「カタタイ（*KATATAY*）」　153-154
カニバリズム　57-58, 74
カブレラ，リディア（Cabrera, Lydia　1899-1991）　51, 98
カブレラ＝インファンテ，ギジェルモ（Cabrera Infante, Guillermo　1929-2005）　28, 64, 80, 83, 93, 95, 98-100, 105-106, 111, 169, 173, 211
『紙の家系（*Estirpe de papel*）』（ベガ・セローバ）　194
カリブ研究班（Grupo de estudios caribeños）　150-152, 159
ガルシア，クリスティーナ（García, Cristina　1958- ）　171-172
ガルシア＝マルケス，ガブリエル（García Márquez, Gabriel　1928-2014）　29, 72-73, 207, 209, 211
カルペンティエル，アレッホ（Carpentier, Alejo　1904-1980）　12-13, 55, 96, 98, 121
カンクリーニ，ガルシア（Canclini, García　1939- ）　153
キーガン，クレア（Keegan, Claire　1968- ）　155
『帰郷ノート（*Cahier d'un retour au pays natal*）』（セゼール）　50, 210
ギジェン，ニコラス（Guillén, Nicolás　1902-1989）　14-20, 28, 42, 98, 111, 157
キューバ映画芸術産業庁（ICAIC）　166
キューバ芸術家作家協会（UNEAC）　138
キューバ中心主義　19, 26
「キューバ文学は一つ（la literatura cubana es una）」　170-178
『空気の外套――キューバ文学についての試論（*El abrigo de aire: Ensayos sobre literatura cubana*）』（ポンテ）　138
グティエレス，ペドロ・フアン（Gutiérrez, Pedro Juan　1950- ）　101, 154, 174-175
グティエレス＝アレア，トマス（Gutiérrez Alea, Tomás　1928-1996）　97, 117, 168, 176
グリッサン，エドゥアール（Glissant, Édouard　1928-2011）　151, 153, 156-157
『ゲームの外で（*Fuera del juego*）』（パディーリャ）　28
ゲバラ，エルネスト（チェ・ゲバラ）（Guevara, Ernesto Rafael　1928-1967）　38, 104, 107, 112, 166-167
ゲルバー，ジャック（Gelber, Jack　1932-2003）　114, 117
国立芸術学校（ENA）　166
国立文化評議会（Consejo Nacional de Cultura）　166
コスモポリタニズム　12-13, 68, 72

コフィーニョ，マヌエル（Cofiño, Manuel　1936-1987）　168
ゴメス，セルヒオ（Gómez, Sergio　1962- ）　212-214
コリエリ，セルヒオ（Corrieri, Sergio　1939-2008）　180
コルタサル，フリオ（Cortázar, Julio　1914-1984）　29, 63
コレヒドール出版　151-152, 159
コンデ，マリーズ（Condé, Maryse　1937- ）　152-153
『困難な歳月（*Los años duros*）』（ディアス）　107
ゴンブローヴィッチ，ヴィトルド（Gombrowicz, Witold　1904-1969）　60-69, 75, 137

［さ］

『災難は重なる――歴史に関する個人的省察（*Llover sobre mojado: una reflexión personal sobre la historia*）』（オテーロ）　95
坂田幸子　13
崎山政毅　13
作家芸術家協会（UNEAC）　28-29, 80
サリーナス，ペドロ（Salinas, Pedro　1891-1951）　65
サルドゥイ，セベロ（Sarduy, Severo　1937-1993）　96, 98, 105
サンティ，エンリコ・マリオ（Santí, Enrico Mario　1950- ）　85, 96, 116, 133
『三頭の淋しい虎（*Tres Tristes Tigres*）』（カブレラ＝インファンテ）（＝『トラのトリオのトラウマトロジー』）　28
ジェイムソン，フレドリック（Jameson, Fredric　1934- ）　34
ジェントリフィケーション　202, 206
『シクロン（*Ciclón*）』　65-75, 102, 104-105
『シベリアの女（*Siberiana*）』（ディアス）　186, 190
「島の重さ（*La isla en peso*）」（ピニェーラ）　14-16, 18, 20-27, 38, 50
シャルトラン，エステーバン（Chartrand, Esteban　1840-1884）　22-23
『ジャングル（*The Jungle*）』（ラム）　10
『十二の遍歴の物語（*Doce cuentos peregrinos*）』（ガルシア＝マルケス）　208-209
『小演習（*Pequeñas maniobras*）』（ピニェーラ）　38, 85
「叙事詩（*Épica*）」（デル・ジャーノ）　163
ジョシュ（Yoss　1969- ）　181
『深遠なる食べ物（*Las comidas profundas*）』（ポンテ）　138, 140-141, 149
『スール（*Sur*）』　60
スウィージー，P.M.（Sweezy, Paul Marlor　1910-2004）　79

スタール，アナ・カスミ（Stahl, Anna Kazumi　1962- ）　137
『世紀の財産——キューバ文化をめぐって（*Bienes del siglo: sobre cultura cubana*）』（マリオ・サンティ）　96
セイクス・バラル社　62
セゼール，エメ（Césaire, Aimé Fernand David　1913-2008）　50-51, 62, 151, 210
セネア，フアン・クレメンテ（Zenea, Juan Clemente　1832-1871）　33
セルバンテス賞　173-174
ソレル・プイグ，ホセ（Soler Puig, José　1916-1996）　168-169
『ソンのモチーフ（*Motivos de son*）』（ギジェン）　42

[た]

「太陽の下での慈悲（*Clemencia bajo el sol*）」（フェルナンデス・デ・フアン）　182
ダリーオ，ルベン（Darío, Rubén　1867-1916）　137
ダローキ，マリア・フリア（Daroqui, María Julia）　152-153
ダンティカ，エドウィージ（Danticat, Edwidge　1969- ）　152-153
チャバード，ルベン（Chabado, Rubén）　137-138
チャバリア，ダニエル（Chavarría, Daniel　1933- ）　170
チャビアーノ，ダイナ（Chaviano, Daína　1960- ）　174
『冷たい短篇たち（*Cuentos fríos*）』（ピニェーラ）　38
デ・オビエタ，アドルフォ（De Obieta, Adolfo　1912-2002）　61
デ・ラ・ヌエス，イバン（De la Nuez, Iván　1964- ）　174
ディアス，ヘスス（Díaz, Jesús　1941-2002）　28, 100, 106-110, 174-176, 184-188, 190-192
『ディアリオ・デ・クーバ（*Diario de Cuba*）』　139
『ディアリオ・デ・ポエシーア（*Diario de Poesía*）』　67
『ディアリオ・デ・ラ・マリーナ（*Diario de la Marina*）』　102
『低開発の記憶（*Memorias del subdesarrollo*）』（＝『いやし難い記憶』）（エドムンド・デスノエス）　113-134, 180
デスノエス，エドムンド（Desnoes, Edmundo　1930- ）　113-134
デル・カサル，フリアン（Del Casal, Julián　1863-1893）　33, 57, 145-146
デル・ジャーノ，エドゥアルド（Del Llano, Eduardo　1962- ）　163, 165, 172, 176, 185
『伝奇集（*Ficciones*）』（ボルヘス）　60
『天啓を受けた勇者たち（*El ejército iluminado*）』（トスカーナ）　201-223

『逃亡奴隷の伝記（*Biografía de un cimarrón*）』（＝『逃亡奴隷』）（バルネ）　168
『同盟（*Unión*）』　80
『都会と犬ども（*La ciudad y los perros*）』（バルガス＝リョサ）　27
トスカーナ，ダビー（Toscana, David　1961- ）　201-223
『トラのトリオのトラウマトロジー』 → 『三頭の淋しい虎』
『トランス＝アトランティック（*Trans-Atlantyk*）』（ゴンブローヴィッチ）　65
「トランスクルトゥラシオン（Transculturación）」（オルティスによる術語）　52-53

[な]

『ナディエ・パレシーア（*Nadie Parecía*）』　59, 102
「肉（*La carne*）」（ピニェーラ）　56
西成彦　67
『二十世紀のキューバ評論（*Ensayo cubano del siglo XX*）』（ロハス）　96-97
『ヌエストロ・ティエンポ（*Nuestro Tiempo*）』　102, 105
「熱帯での言葉（Palabras en el trópico）」（ギジェン）　14, 17
ノバス・カルボ，リノ（Novás Calvo, Lino　1905-83）　63, 98, 152
野谷文昭　115, 121, 133

[は]

「灰色の五年間（Quinquenio gris）」　166, 168
『バイク・ガールと野郎ども（*Adiós muchachos*）』（チャバリア）　170
バケーロ，ガストン（Baquero, Gastón　1914-1997）　26, 33
バシーレ，テレサ（Basile, Teresa）　138-140, 144-146
バジャガス，エミリオ（Ballagas, Emilio　1908-1954）　69
パス，オクタビオ（Paz, Octavio　1914-1998）　12-13, 63
パス，セネル（Paz, Senel　1950- ）　82, 172
『バッド・ペインティング（*Bad Painting*）』（ベガ・セローバ）　173, 192
バティスタ，フルヘンシオ（Batista, Fulgencio　1901-1973）　102-103, 107, 169
パディーリャ，エベルト（Padilla, Heberto　1932-2000）　20, 27-34, 93, 95, 98-100, 105-106, 108, 169
パディーリャ事件　27-32, 83, 92, 108, 113, 132
パドゥーラ，レオナルド（Padura, Leonardo　1955- ）　101, 170, 174-175
バルガス＝リョサ，マリオ（Vargas Llosa, Mario　1936- ）　27, 29, 107

バルデス，ソエ（Valdés, Zoé　1959- ）　101, 176
バルネ，ミゲル（Barnet, Miguel　1940- ）　168
反帝国主義のための広場　206
ビオイ＝カサレス，アドルフォ（Bioy Casares, Adolfo　1914-1999）　60-61
『ビクトローラ（*Victrola*）』　65-74
ピグリア，リカルド（Piglia, Ricardo　1941-2017）　64-65
ビティエル，シンティオ（Vitier, Cintio　1921-2009）　26, 54-55, 59, 100, 111
ピトル，セルヒオ（Pitol, Sergio　1933- ）　63
ピニェーラ，ビルヒリオ（Piñera, Virgilio　1912-1979）　14, 16, 18-21, 25-26, 32-33, 37-75, 82, 84-87, 98, 104-105, 137-138, 145, 150, 164, 169
ビブリオテカ・ブレーベ賞　27
ヒメネス，フアン・ラモン（Jiménez, Juan Ramón　1881-1958）　37
『百年の孤独（*Cien Años de Soledad*）』（ガルシア＝マルケス）　201
ヒューバーマン，L（Huberman, Leo　1903-1968）　79
ビラ＝マタス，エンリーケ（Vila-Matas, Enrique　1948- ）　21
『ビルヒリオの言葉（*La lengua de Virgilio*）』（ポンテ）　138
ヒロン海岸侵攻事件（ピッグス湾事件）　98, 163
プイグ，マヌエル（Puig, Manuel　1932-1990）　152
『ブエナ・ビスタ・ソシアル・クラブ』　174
『フェルディドゥルケ（*Ferdydurke*）』（ゴンブローヴィッチ）　60-64, 68-69
フェルナンデス，マセドニオ（Fernández, Macedonio　1874-1952）　64
フェルナンデス・デ・フアン，アデライダ（Fernández de Juan, Adelaida　1961- ）　182-184
フェルナンデス＝レタマール，ロベルト（Fernández Retamar, Roberto　1930- ）　100, 106-107, 110, 189, 204-205, 207
フエンテス，カルロス（Fuentes, Carlos　1928-2012）　29
フォルネー，アンブロシオ（Fornet, Ambrosio　1932- ）　166, 171
フォルネー，ホルヘ（Fornet, Jorge　1963- ）　193, 221
フゲー，アルベルト（Fuguet, Alberto　1964- ）　212-214, 220
『『不思議』村のアリシア（*Alicia en el pueblo de Maraillas*）』　172, 176
ブラスウェイト，カマウ（Brathwaite, Edward Kamau　1930- ）　151, 154, 156-157
フリアン・デル・カサル賞　28
プリエト，ホセ・マヌエル（Prieto, José Manuel　1962- ）　176, 178, 185
フロイト，ジークムント（Freud, Sigmund　1856-1939）　99
ベアトリス・ビテルボ出版　152, 159
ベガ・セローバ，アナ・リディア（Vega Serova, Anna Lidia　1968- ）　172, 176,

192-198
ベジャティン，マリオ（Bellatin, Mario　1960- ）　221
ヘミングウェイ，アーネスト（Hemingway, Ernest Miller　1899-1961）　116, 130
ヘミングウェイ博物館　116-117, 128, 130
『ベルチリヨン１６６（*Bertillón 166*）』（ソレル・プイグ）　168-169
『ベルブム（*Verbum*）』　102
ペレ，バンジャマン（Péret, Benjamin　1899-1959）　51
ペロン，フアン・ドミンゴ（Perón, Juan Domingo　1895-1974）　60
『ペンサミエント・クリティコ（*Pensamiento Crítico*）』　108
『放浪者のこころ（*Corazón de Skitalietz*）』（ポンテ）　140, 147-149
『ボエミア（*Bohemia*）』　102
ホセ・マルティ国立図書館　79
『骨狩りのとき（*The Farming of Bones*）』（ダンティカ）　153
ポルテラ，エナ・ルシーア（Portela, Ena Lucía　1972- ）　155, 173, 176
ポルトゥオンド，ホセ・アントニオ（Portuondo, José Antonio　1911-1996）　30, 168-169
ボルヘス，ホルヘ・ルイス（Borges, Jorge Luis　1899-1986）　12, 60-64, 68-69, 107, 152
『ボルヘス怪奇譚集（*Cuentos breves y extraordinarios*）』（ボルヘス、ビオイ＝カサレス）　61
ポンテ，アントニオ・ホセ（Ponte, Antonio José　1964- ）　135-160, 176

［ま］
前田和泉　191
真木悠介　53
魔術的リアリズム　203, 205, 214
『マッコンド（*McOndo*）』　202-203, 206-207, 212-215, 220
マニャッチ，ホルヘ（Mañach, Jorge　1898-1961）　98, 103, 105
『マリエル（*Mariel*）』　110
マリネーリョ，フアン（Marinello, Juan　1898-1977）　98
マルティ，ホセ（Martí, José　1853-1895）　55, 96, 138, 146, 206
マンソーニ，セリーナ（Manzoni, Celina）　151
ミール，アンドレス（Mir, Andrés　1966- ）　185
ミルズ，ライト（Mills, Charles Wright　1916-1962）　167
村田宏　11

『めくるめく世界（*El mundo alucinante*）』（アレナス）　78, 86
モダニズム　43, 60, 63-65, 168
望月哲男　167
モレーノ＝フラヒナル，マヌエル（Moreno Fraginals, Manuel　1920-2001）　97, 100, 106, 108, 111
『モレルの発明（*La invención de Morel*）』（ビオイ＝カサレス）　60
モンテロソ，アウグスト（Monterroso, Augusto　1921-2003）　151

［や］

『夜警（*Noche de Ronda*）』（ベガ・セローバ）　194
柳原孝敦　55
『夕暮れ（*Crepúsculo*）』（シャルトラン）　22-23
『夜明け前のセレスティーノ（*Celestino antes del alba*）』（アレナス）　78, 82
米川和夫　69
『夜になるまえに（*Antes que anochezca*）』（アレナス）　77, 79, 95

［ら］

『ラ・アバーナ・エレガンテ（*La Habana Elegante*）』　139
『ラ・ガセタ・デ・クーバ（*La Gaceta de Cuba*）』　171
『ラ・ガセタ・デル・カリベ（*La Gaceta del Caribe*）』　102
「落下（*La caída*）」（パディーリャ）　39, 43-44, 46-50, 53, 56, 73
ラマ，アンヘル（Rama, Ángel　1926-1983）　153
ラミレス，セルヒオ（Ramírez, Sergio　1942- ）　151
ラム，ヴィフレード（Lam, Wifredo　1902-1982）　9-11, 14, 51
ラロ，エドゥアルド（Lalo, Eduardo　1960- ）　152
リトビノフ，エルネスト・ゴンサレス（Litvinov, Ernesto González　1969- ）　185
リベーロ，ラウル（Rivero, Raúl　1945- ）　100
レイエス，アルフォンソ（Reyes, Alfonso　1889-1959）　169
レサマ＝リマ，ホセ（Lezama Lima, José　1910-1976）　10-11, 19, 55, 59, 68, 96, 98, 102, 104, 138, 145
『レネーの肉（*La carne de René*）』（ピニェーラ）　38
『レビスタ・デ・アバンセ（*Revista de Avance*）』　11
『レビスタ・デ・オクシデンテ（*Revista de Occidente*）』　43
レメベル，ペドロ（Lemebel, Pedro　1955-2015）　221

ロイナス，ドゥルセ・マリア（Loynaz, Dulce María　1903-1997）　9
ロドリゲス＝フェオ，ホセ（Rodríguez Feo, José　1920-1993）　10-11, 14, 60, 68-69
ロドリゲス・フリアー，エドガルド（Rodríguez Juliá, Edgardo　1946- ）　152-153
ロハス，ラファエル（Rojas, Rafael　1965- ）　57, 91-112, 170, 221
ロムロ・ガジェゴス賞　152, 174

［わ］
『我が過失キューバ（*Mea Cuba*）』（カブレラ＝インファンテ）　95
『私はティチューバ（*Moi, Tituba sorcière...*）』（コンデ）　153

［著者］
久野　量一　（くの・りょういち）

1967 年生まれ。東京外国語大学地域文化研究科博士後期課程単位取得満期退学。

現在、東京外国語大学准教授。

専攻はラテンアメリカ文学。

訳書に、フアン・ガブリエル・バスケス『コスタグアナ秘史』（水声社）、フェルナンド・バジェホ『崖っぷち』（松籟社）、ロベルト・ボラーニョ『鼻持ちならないガウチョ』（白水社）、『2666』（共訳、白水社）などがある。

島の「重さ」をめぐって——キューバの文学を読む

2018 年 5 月 30 日　初版第 1 刷発行　　　定価はカバーに表示しています

著　者　　久野　量一

発行者　　相坂　　一

発行所　松籟社（しょうらいしゃ）
〒 612-0801　京都市伏見区深草正覚町 1-34
電話　075-531-2878　振替　01040-3-13030
url　http://shoraisha.com/

印刷・製本　亜細亜印刷株式会社
装丁　安藤紫野（こゆるぎデザイン）
装画　松浦寿夫

Printed in Japan

　ISBN978-4-87984-364-7　C0098